编委会

顾问：

李润田　王才安　孙培新　王文金　张秉义　关爱和　娄源功

编委会主任：

卢克平　宋纯鹏　张锁江

编委会副主任：

谭　贞　张宝明　季　波　许绍康　孙君健　孙功奇　杨朝阳
王学路　冯淑霞　傅声雷　张立新

编委会委员：(按姓氏拼音排序)

蔡　军　程遂营　丁翼虎　冯淑霞　傅声雷　洪　浩　桓占伟
姬志闯　季　波　孔令刚　李永鑫　卢克平　苗长虹　祁琛云
任东景　宋丙涛　宋纯鹏　孙功奇　孙君健　谭　贞　王鹏飞
王思琦　王性玉　王学路　武新军　席卫权　许绍康　杨朝军
杨朝阳　杨光辉　杨国安　于华龙　展　龙　张宝明　张大超
张立新　张锁江

丛书主编：

孙君健

执行主编：

展　龙　杨国安　桓占伟

副主编：

丁翼虎　孔令刚

"夷门传薪学人传"丛书

丛书主编 孙君健
执行主编 展龙 杨国安 桓占伟

夷门传薪学人传
宋应离

郭晶 著

河南大学出版社
HENAN UNIVERSITY PRESS
·郑州·

图书在版编目(CIP)数据

宋应离／郭晶著. -- 郑州：河南大学出版社，2022.8
("夷门传薪学人传"丛书／孙君健主编)
ISBN 978-7-5649-5262-4

Ⅰ.①宋… Ⅱ.①郭… Ⅲ.①宋应离-传记 Ⅳ.①K825.46

中国版本图书馆 CIP 数据核字(2022)第 147278 号

夷门传薪学人传　宋应离
YIMEN CHUANXIN XUEREN ZHUAN　SONG YINGLI

责任编辑	胡玲霞
责任校对	李　云
封面设计	翟淼淼
出版发行	河南大学出版社
	地址：郑州市郑东新区商务外环中华大厦 2401 号
	邮编：450046　　电话：0371-86059701(营销部)
	网址：hupress.henu.edu.cn
排　版	河南大学出版社设计排版部
印　刷	河南瑞之光印刷股份有限公司
版　次	2022 年 8 月第 1 版　　印　次　2022 年 8 月第 1 次印刷
开　本	889 mm×1194 mm　1/32　　印　张　6.875
字　数	157 千字　　定　价　28.00 元

版权所有·侵权必究
本书如有印装质量问题，请与河南大学出版社营销部联系调换。

述往事思来者根在夷门
（总序）

夷门，是一个比开封还古老的名字。

夷门是战国魏都城的东门，因城门修在夷山之上，故名。

夷门最早的故事与魏公子无忌有关。无忌为战国时期魏国第五任君主魏昭王的小儿子。魏昭王去世后，无忌同父异母的哥哥圉继承王位，是为安釐王。安釐王封无忌于信陵（今宁陵），是为信陵君。信陵君的第一个故事是养士辅政。其时，魏国在与秦国的对抗中，处在不利地位。信陵君仿效齐之孟尝君、赵之平原君、楚之春申君的辅政方法，养士三千，诸侯因此不敢加兵于魏十余年。七十岁的夷门看守人侯嬴与屠夫朱亥，均为信陵君礼贤下士所交好友。信陵君的第二个故事是窃符救赵。公元前 257 年，秦围赵都城邯郸，赵王的弟弟平原君求救于魏。魏王派晋鄙率兵十万，到达邺地。但迫于秦威，止步不前。信陵君听取侯嬴之计，窃取虎符，与朱亥前往邺地。在晋鄙对虎符有疑时，朱亥椎杀晋鄙。信陵君率兵救了赵国。侯嬴在信陵君到达邺地时，自刎于夷门。

窃符救赵的故事发生一百余年后，司马迁寻访战国争雄的史迹，来到夷门。对千金一诺、侠义热血故事颇有兴趣的司马迁，在《史记·魏公子列传》中做了上述精彩描述，扣人心弦犹

1

如小说家言。信陵君事迹很多，司马迁只记礼士与救赵；信陵君在魏养士三千，详写的只有侯嬴与朱亥。传记的结尾，意犹未尽，作者再次称赞信陵君不耻下交的礼士精神："吾过大梁之墟，求问其所谓夷门。夷门者，城之东门也。天下诸公子亦有喜士者矣，然信陵君之接岩穴隐者，不耻下交，有以也。名冠诸侯，不虚耳。"仁而谦恭，礼贤下士，成就大业。这是夷门叙事的第一重启示。

公元前99年，司马迁为李陵事获罪，受腐刑，因著书事业而隐忍苟活。受刑的第二年，朋友任安写信询问情况，司马迁写下了传诵千古的《报任安书》，完整描画了一个知识人最高最完美的理想："近自托于无能之辞，网罗天下放失旧闻，考之行事，稽其成败兴坏之理，……凡百三十篇。亦欲以究天人之际，通古今之变，成一家之言。"据此话推定，《史记》已大致完成。今传《史记》有《太史公自序》，其有感于自己身世，而追述中国历史中圣贤发愤著述的传统："昔西伯拘羑里，演《周易》；孔子厄陈、蔡，作《春秋》；屈原放逐，著《离骚》；左丘失明，厥有《国语》；孙子膑脚，而论兵法；不韦迁蜀，世传《吕览》；韩非囚秦，《说难》《孤愤》；《诗》三百篇，大抵圣贤发愤之所为作也。此人皆意有所郁结，不得通其道也，故述往事，思来者。"这种圣贤发愤著述的传统，是司马迁完成《史记》的支撑力量，也化为以立言为志的中国士人生生不息的精神资源。"究天人之际，通古今之变，成一家之言"与"述往事，思来者"，共同成为读书人立言著述的最高理想。身为记述唐尧以来中国历史的史官司马迁，历史上却没有留下他本人卒年的记载。近代王国维考证，司马迁大约卒于汉武帝末年。勤奋于"述往事,思来者"之业,究天地之际,通古今之变,成一家之言,燃烧自我之身,不计身后之名。这是夷门叙事的第二重启示。

公元960年,北宋政权以开封为都城建立,从而创造了继唐代后又一个统一王朝的辉煌时代。此时距司马迁《史记》成书,已过去千年。夷门不在,夷山依旧。夷山之上,北宋皇祐元年(1049年)建起了开宝寺塔。塔体外立面均为褐色琉璃砖,浑似铁铸,民间俗称"铁塔"。1912年,铁塔南麓,建立了一所大学——河南留学欧美预备学校(今河南大学前身)。河南大学的学生均以"铁塔牌"自称。铁塔成为这所大学毕业生最早的logo(标签)。当年椎杀晋鄙的朱亥,因窃符救赵之功,被授相印,其封地原名聚仙镇,在北宋末,改称朱仙镇。岳飞抗金,取得朱仙镇大捷,也终没有挽救北宋王朝的命运。北宋的成功,在文治而不在武功。20世纪40年代,陈寅恪为邓广铭《宋史职官志考正》作序,有"华夏民族之文化,历数千载之演进,造极于赵宋之世"的称赞。一个以唐史研究见长的史学家,推重赵宋文化,绝非偶然。赵宋时期城与市合一,不需要再像《木兰辞》所言那样"东市买骏马,西市买鞍鞯"。城与市合一的开封,勾栏瓦肆林立,充满着人间烟火气。唐宋以来实行的科举制度,使寒族子弟也可以像世家子弟一样,通过个人的努力,通达社会与文化上层。读书人生气聚集之时,赵宋时期出现了士大夫阶层。士大夫具有超越特定族群、特定利益阶层的历史眼光和宽阔胸怀。祖籍大梁的北宋大儒张载不失时机提出的"为天地立心,为生民立命,为往圣继绝学,为万世开太平"的"横渠四句",成为新兴士大夫群体理想抱负的经典表达。士大夫群体的思想文化创造力活力四射，宋代理学家、史学家、文学家、音乐家、书法家、艺术家层出不穷，群星灿烂，造诣均达极高水平。宋代理学家将儒释道合一，重建儒学体系。新的儒学体系高扬道德的旗帜，以修齐治平调节士人人生期待，以伦理纲常整饬社会秩序。陈寅恪称赞欧阳修晚年所撰《五代史》的功劳在"贬斥势利，尊崇气节，遂一匡五代之浇漓，返之淳正。故天水一朝之文化，竟为我民族遗留之瑰宝。孰谓空文于治道学术无裨益耶？"五四运动过后二十余年，在抗战的炮火中，陈寅恪坚信造极于赵宋之世的华夏文化，本根未死，终必复振。理想、信念、毅力、气节，是读书人的禀赋；立心、立命、继绝学、开太平，为读书人的价值与责任。以治道学术服务国家人民，乃读书的正途与根本。这是夷门叙事的第三重启示。

北宋时期的国子监所在地位于现在的龙亭一带。明代这里辟为周王府。清初，河南贡院一度迁至辉县百泉，清顺治十六年（1659年）河南贡院在周王府旧址修建。因地势低洼积水，雍正九年（1731年）河南贡院迁至夷山南隅。1841年黄河发水，拆河南贡院房舍防洪，第二年重修，新建号舍万余间。1900年的庚子事变，北京用于国家会试的贡院被毁，河南贡院因房舍完好、交通便利，而在1903、1904年成为科举会试所在地。1905年废除科举，河南贡院就成为上千年科举制度的终结地。1912年，河南有识之士在河南贡院的校舍上创办河南留学欧美预备学校，1923年改建为中州大学，1930年易名省立河南大学。因此，从这套丛书的一个人物林伯襄1912年担任河南留学欧美预备学校的校长开始，河南大学叙事便与夷门叙事有了交集，夷门叙事所体现出的精神基因便在河南大学传承延展。与时俱进，百折不挠，在国家、民族站起来、富起来、强起来的百年沧桑中，河南大学以振兴教育、培养人才服务于民族自立、国家复兴和区域发展，成为中原大地高等教育的一棵参天大树。参天地之化，养浩然正气，育万千桃李，以教育报国。此为夷门叙事的第四重启示。

在河南大学迎来110周年校庆之际，学校编写出版"夷门传薪学人传"丛书，嘱我为序。在准备出版的二十多种学人传中，有在河南大学发展的重要节点上做出了重大贡献的主政者，绝大多数是在学校发展的不同时期在学术进步、人才培养方面成绩突出的教授。名人有言："大学者，非谓有大楼之谓也，有大师之谓也。"这些学者教授就是河南大学的大师。河南大学建立110年来，对国家、对民族的贡献，大部分是通过一代又一代心系桑梓、植根教育的千千万万教育工作者实现的，上述学者教授是千千万万教育工作者的代表。在河南大学这所百年名校中，"究天人之际，通古今之变，成一家之言"的学术创新是他们完成的；"为天地立心，为生民立命，为往圣继绝学，为万世开太平"的学术理想是他们实践的；"参天地之化，养浩然正气，育万千桃李，以教育报国"的百年辉煌是他们参与创造的。这是河南大学110年校庆要编辑出版"夷门传薪学人传"丛书的唯一理由。

有形夷门在司马迁生活的时期已经颓毁，而无形的夷门，留在司马迁的《史记》中，留在宋儒的横渠四句中，留在科举旧地与新式教育的交接中，留在河南大学生生不息的生命意志中。

在河南大学建校110年之际,河南大学的注册地移至郑州,但河南大学的办学精神,已经融入河南大学的基因与血脉之中。河南大学从留学欧美预备学校的成立,到今天的"双一流"建设,何尝不是河南有识之士与黄河儿女的"发愤"之作!国家兴亡,匹夫有责,读书人更有责。司马迁"发愤","述往事,思来者"而著"史家之绝唱,无韵之离骚";河南大学"发愤","述往事,思来者"而有发展进步的大手笔、大思路。让我们为之共同奋斗。

放眼寰宇的河南大学,根在夷门。

关爱和

2022年7月

(作者为河南大学教授、博士生导师,中国近代文学学会会长。曾任河南大学校长、党委书记。)

目　　录

序章 …………………………………………………………… 1

第一章　少而好学,如日出之阳 ………………………… 3
（一）漫长的小学生活 ………………………………… 3
（二）经受磨炼的中学生活 …………………………… 4
（三）上师范立志当教师 ……………………………… 8

第二章　进入大学堂 ……………………………………… 11
（一）古都校园 ………………………………………… 11
（二）校报优秀通讯员 ………………………………… 14
（三）"反右派"斗争中经受考验 …………………… 17
（四）置身"大跃进"和人民公社中 ………………… 18

第三章　人民教师——光荣的岗位 ……………………… 20
（一）园丁的形象 ……………………………………… 20
（二）初上讲台 ………………………………………… 21
（三）参加"四清"工作队 …………………………… 22
（四）工宣队与斗批改 ………………………………… 24
（五）下农场劳动 ……………………………………… 27

第四章　办学报:既播种,也修枝 ………………………… 30
（一）新任务——坚守《河南大学学报》 …………… 30
（二）突出个性,办出特色 …………………………… 32

（三）为了编辑 ………………………………………… 34
　　　（四）严谨细致的报刊审读工作 ……………………… 36
第五章　霜雪岂能败傲梅 …………………………………… 39
　　　（一）伤病 ………………………………………………… 39
　　　（二）乐观 ………………………………………………… 41
第六章　开展编辑学研究，培养编辑出版人才 …………… 44
　　　（一）开设专栏，高举编辑学研究大旗 ……………… 44
　　　（二）招收编辑学专业研究生 ………………………… 54
　　　（三）中国第一部学报简史问世 ……………………… 59
　　　（四）编写《中国期刊发展史》………………………… 66
第七章　探索教学新路子 …………………………………… 70
　　　（一）师生互动，相互启发 …………………………… 70
　　　（二）重视实践，走向社会 …………………………… 75
　　　（三）毕业论文，严格把关 …………………………… 78
第八章　走向新岗位 ………………………………………… 87
　　　（一）担任《编辑家茅盾评传》的责任编辑 ………… 87
　　　（二）参与编写《中国有条红旗渠》………………… 94
第九章　收集编撰出版史料，服务教学，服务出版 ……… 99
　　　（一）总结出版经验，收集整理《中国当代出版史料》…… 99
　　　（二）彰显先贤遗教，编纂《20世纪中国著名编辑
　　　　　　出版家研究资料汇辑》……………………… 114
　　　（三）倾力支持《河南新文学大系》的编辑出版 … 130
　　　（四）助力出版学科建设，组织出版"编辑出版学丛书"
　　　　　　……………………………………………… 143

第十章　一本书的背后 ··· 157
　（一）向新中国成立60周年献礼——《亲历新中国
　　　　出版六十年》出版纪事 ································· 157
　（二）专家称赞，好评如潮 ··· 168
　（三）编辑出版工作的苦乐观 ····································· 174

第十一章　多读书，广交友，勤写作 ························· 178
　（一）多读书 ·· 178
　（二）广交友 ·· 184
　（三）勤写作 ·· 194

第十二章　为人做事，清正廉洁；遵守道德，以身作则 ······ 196

附录 ··· 204
　（一）论著书目 ·· 204
　（二）发表论文篇目（未收入论著）···························· 205

序　章

　　1959年10月3日,周恩来总理来到河南视察三门峡水库。彼时,开封师范学院中文系的1200名师生正在大坝参加劳动,听闻周总理到来,顿时一片沸腾,欢呼之声响彻工地。周总理来到师生中间,和大家亲切握手,勉励道:"你们的劳动很好,现在可以学着水利,回去以后好好学习功课,能劳动,又懂得水利,将来教中学就有东西可讲了。"

　　这是距师范学院所在地开封300公里外的地方,这座宏伟的水利枢纽工程就像是戴在黄河母亲手腕上的一副银镯,由中苏两国专家联合打造而成,是敬畏自然而又不屈服于自然的人类儿女在公元1957年为新中国献上的礼物。那个年代,仍然贫苦的中国崭新而强大,充满希望的中国人民正在曲折的社会主义道路探索中昂首前进。他们知道,他们的一切努力和奉献都是值得的,党中央领导人的亲切面孔,更让无数热情的感激和真诚的爱戴——盈满在他们的神情上。

　　在离周总理五六米远的人群中,有一名25岁的学生,他并未显得与其他人有多少不同,却闪烁着别样的眼神,那是战士般的勇敢和思想家般的热忱,是前往探索光年宇宙般的无限热情。很快,他和校报的一位青年教师周鸿俊讨论,由周鸿俊执笔为校报写就了一篇通讯,题为《亲切的会见　巨大的鼓舞——周总理在三门峡工地接见参加劳动的开封师院师生》。该长文在周总理视察水库工地的第二天,在《三门峡日报》发表,后被《开封师院校报》转载。

这位年轻的校报通讯员,用一篇篇文章,把自己雕砌成一名优秀的新闻人。但也许没人能想到,未来的他,是中国当代最早从事编辑学研究的学者之一。①

他完成了《中国大学学报简史》的开山之作,首次厘清了中国200年来的期刊发展历程;大学毕业后他和同学一起留校任教,筹建了全国高校第一个编辑学研究室,招收了全国第一批编辑学研究生;他曾经得到过时任国家新闻出版署署长的亲切帮助,与多位"韬奋出版奖"获得者谈古论今;他曾奇迹般地战胜病魔,耄耋之年仍读书写作佳作频出;他毫无争议地被看作有独特贡献的编辑学家……

他就是宋应离。

他所在的这所学校,是屹立一百多年的河南大学。

---

① 王蒙:《漫漫治学路 深深编辑情——宋应离教授和他的三部期刊史专著》,载中国期刊年鉴杂志社编《中国期刊年鉴(2012年卷)》,中国期刊年鉴杂志社,2012,第360-362页。

第一章 少而好学,如日出之阳

人生的晨光照进那片小村落里,折射出时代下的艰难。

(一) 漫长的小学生活

没有星仙转世的神话,也没有天降异象的渲染,有的只是时代的风云变幻。江山代代出英杰。

1934年4月,河南省西华县砖桥镇的宋庄村一切如常,不能说平静,却也算不上纷乱,宋应离就出生在这里。那时,这个村子还属于西华县砖桥镇万金寨,后来曾被划入商水县郾城区,如今成为漯河市召陵区一片文明悠远的土地。春秋时,齐桓公"九合诸侯,一匡天下",率八国之师与楚盟约,史称"召陵之盟",当年的会盟之地距宋庄村不过12公里。这片引无数豪杰争雄的河洛中州,从来都是涵煦才俊的地方。

1937年11月,日军进犯中原,河南大学师生进行战略转移,踏上了抗战办学的道路,成为中国唯一在敌前坚持办学的高等学府。翌年春末,商丘、开封等地接连失守,召陵、西华也曾被日军短暂占领。1940年前后,日军、国民党中央军和新四军在这里形成三方拉锯的态势,宋应离的家乡承受着日寇的威胁和国民党军队的间或侵扰,动荡不堪。

时局的不安,带来的是求学生涯的断断续续。身处安谧的后生们若是循着历史的回响看去,不知是要惊讶那时的孩童竟将小学前后读了 8 年,还是要诧异他们居然能读完了小学。8 岁时,宋应离前往距家 3 里地的万金寨小学上学。万金寨小学规模不大,200 多名学生都来自附近的十里八村。学校里没有住宿的地方,每天上下学要往返五六趟。万金寨装配着一堵高大的寨墙,看守的劳工一般到天亮才会开寨门,而宋应离早晨四五点就要去上自习了,在被放进寨子里之前,他常常只能站着呼喊半天。春夏季还好,到冬天上学尤其艰难。校长刘雅堂,是附近吴庄村的一个富户。万金寨的秀才宋卫理,与两个儿子宋硕臣、宋杰臣一齐教书。小学时,宋应离喜欢写作,老师就让他为班级办黑板报,组织学生执笔作文,以黑板报的形式登出来供大家阅读。教师们对学生要求很严,每天上早自习之前,全校师生都要集合在一起,升旗,整整齐齐地对着孙中山先生的遗像诵读:"余致力于国民革命,凡 40 年,其目的在于求中国之自由平等⋯⋯"

就这样笔头渐短,个头渐高,时光碎落在陈旧不堪的桌椅上,波澜万丈的世界,在这里只荡来了几缕涟漪。到 1949 年春,近 8 年的小学生活结束了。

(二) 经受磨炼的中学生活

春雷一声震天响,亿万人民得解放,1949 年 10 月 1 日,新中国成立,宋应离与全国人民一样,步入了欢腾的海洋中。

就在几个月前,邻村一个叫周体安的漯河市立一中学生,曾鼓励宋应离考初中,于是这年六七月份,宋应离去漯河市立一中

第一章　少而好学，如日出之阳

做了尝试，但并未抱十足的信心。十几天后他去学校打听消息时，却在校门口的新生录取榜上发现了自己的名字。对于初谙世事的宋应离来说，这是意外之喜，也是人生之必然。

漯河市立一中坐落在漯河市的西北角，再向西是沙澧河，据说学校是外地商人所建。校园里有几座古建筑，学校大门即是一个雅致而高大的古典建筑物，人称西会馆。在这里的三年学习生活，从思政教育开始。

中学的第一堂课是贾向荣老师讲授的"青年修养，为人民服务"，后来有市教育局的领导不断来做形势报告，红色的土地和站起来的中国人民，就这样在新生们的心头被铭刻。时值七八月份，江南地区还没有完全解放，学校内外处处贴着大标语："打到江南去，活捉蒋介石，解放南京！"为支援解放军南下，许多学校都组织学生前往迎送，漯河一中的同学与本地大华艺术师范学校联合组成腰鼓队和文艺宣传队，到火车站欢迎子弟兵。人浪汹涌，场面热烈无比，而旋即，师生们又要目送他们随滚滚车轮奔赴江南。短暂的相会中即便只收到无数清澈、亲切又坚毅的眼神，也是多么令人难忘！

学校的政治氛围很浓厚，校内建立了青年团组织，组织负责人经常给青年积极分子上团课。初中二年级，宋应离经人介绍加入了团组织，即中国新民主主义青年团，后来更名共青团。身为青年团员，自然处处以身作则，严格要求自己，于是他很快被选为班长。班主任何晓斋要求他在上午上课之前在全班点名，清点人数。班里有几个学生家住在郊区，离学校较远，有时会迟到，点名时宋应离就记下他们的名字，弄得这些同学很不愉快，对他埋怨甚多。有女同学气冲冲地跑来指着宋应离说道:"你都这么认真?老师让你点名,你就记我们?"而他只说:"老师要求很严,不能迟到。"

史地生、数理化、音体美等课程一应俱全,宋应离最喜欢的是语文,也喜欢写作。每个寒暑假看见农村的人事变化,他就用心去细细触摸,把它们用新闻报道的形式写下来,然后投给报社。初中二年级时,他写了一位农村妇女勤俭节约为集体办好事的报道,把它投到当时的《豫南大众报》后被成功发表。就这样,较早的新闻起步,为宋应离后来的写作、编辑和教书工作奠定了基础。

在校内学习之外,社会活动的参加也是必要的。1952年春,全国开展了"三反""五反"运动,即在党政机关工作人员中开展的"反贪污、反浪费、反官僚主义"以及在私营工商业者中开展的"反行贿、反偷税漏税、反盗骗国家财产、反偷工减料、反盗窃国家经济情报"的斗争。宋应离参加了漯河市组织的"三反""五反"工作队,与当时的"三反""五反"分子开展面对面的斗争,历时一两个月,这也是他最早的政治活动锻炼。

而更加磨炼一个人的,是长期的艰苦生活。初中三年,是他一生所经历的第一个艰难时期,后来回望这一段考验,宋应离提炼出的是不畏时艰、遇挫不折的坚韧,是居安莫忘危、遇危莫退缩的勇略。

家庭条件好些的学生会在学校附近租房子,自己搭伙煮饭,宋应离只能在家凑些红薯面、玉米面做成窝窝头,烙成烙馍带到学校吃。每个星期六下午,他就匆忙赶回家,第二天又把一包十几斤的馒头——如果这些粗糙无比的干粮也能被叫作馒头的话——带回学校。为了防止这些干粮发酵发霉，宋应离经常把它们摊在一张凉席上，在太阳底下晒干，用手揉碎了吃，再倒上一杯在学校茶炉里面接的开水，放上一点辣椒粉，一饮而尽，这就算一顿饭了。

求学的路途一点也不比饭食更加舒适。学校离家40里，既无汽车又无其他交通工具，全靠徒步行走，没有胶鞋，没有皮鞋，只有农村"标配"的布鞋。天气好时算幸运，遇到风霜雨雪，就只好拿出"负箧曳屣行深山巨谷中"的勇力。路上会经过一个白坡村，村里有一条小河，下雨可涨水到两三尺之深，得脱下衣服才能过去。雨水落下，泥泞满地，只能赤脚行走。路途中有个皇甫店村，村民都从事烧瓦盆的副业生产。瓦盆粗拙，颜色黑蓝，打碎的瓦盆碎渣有时会散落在街上，雨天里，宋应离时常被这些碎渣刺破脚，疼痛入骨。每次走到这个村庄，他总是提心吊胆。那条路很长，5个村子连一块儿共二里多地，没有同伴，少年的宋应离得自己一个人走完每一趟漫长的征程。

学校一间宿舍住八九个人，屋里没有水，清晨得跑到二里外的河边去洗漱。初二时宋应离患上了疥疮，浑身发痒，不能住集体宿舍，只能临时住在楼梯下面的小木床上。楼梯是木板结构，歪斜不平有缝隙，有人上下楼时，楼梯就噔噔作响，灰尘不断漏下来。睡一晚上，满脸都是泥土渣。每天晚上就是无奈和悲惨，要说起来，那悲惨的景况和《悲惨世界》里悲惨的小珂赛特差不了多少。

同村有一个叫宋富贵的老人，常常对宋应离慷慨相助。某年秋天,老人在家里烙了几盘烙馍和菜馍,装了满满一篮子,竟一连跑出40里路,亲手把这沉甸甸、香喷喷的馍放在了宋应离怀里。70年后,年近鲐背的宋应离对此仍历历在目,多少次想再当面感谢这位同姓老人,却早已没了机会。

1952年秋,宋应离即将初中毕业,由于家庭条件的限制不能继续上高中。经过考虑后,他接受了历史老师郭子长的建议,报考了许昌师范学校,而其中的主要原因也是很实际的,那就是师范学校有助学金,还管饭。

(三) 上师范立志当教师

是年秋,宋应离考上了许昌师范学校,从此立志成为一名人民教师。

许昌,位于漯河市之北,东接周口,北望郑州,西与平顶山作邻,帝尧时,高士许由洗耳于颍水之滨,有"洗耳恭听"之典,于是得名。许地历来土沃地灵,名士汇集,枭雄曹孟德曾定都于此,而今亦已为中原城市群一大核心所在。

许昌师范学校坐落在许昌城区西北角的清虚街,最初和许昌高中在一个校园里,一年后两校分别在城北单独建校。时任校长的是李恒位,之后由张志群接任,张志群后调省教育厅当了财务处处长,再下一任校长叫周忡民。学校开的课程和中学很相似,不同的是,任课老师都由一些学有专长的老师兼任。

宋应离一直喜欢语文,成绩也有所偏重,物理、化学、数学等都是勉强及格。在偏好而擅长的事上,宋应离从未松懈,油印校报《青年生活》,他甫一入校就去投稿。

无论如何，进入师范学校以后，宋应离在生活上确实不再有后顾之忧了。

宋应离是校青年团的总支委员，每到一个班里发展新团员时，组织就委托他代表团总支去讲话，对新团员提出希望和要求。学校党组织重视形势教育，每个班都建立了读报组，读报组组长利用课余时间读报，让学生们了解国家大事。宋应离就是班上的读报组组长，他后来还写了一篇关于读报情况和体会的报道，在某报纸上发表。同样是出于责任心，他针对学校食堂浪费粮食的现象，以向报社投稿的方式反映，校长张志群得知后对他称赞不已。不久，宋应离被许昌地区人民检察院专门聘请为检察通讯员，并颁发聘书。

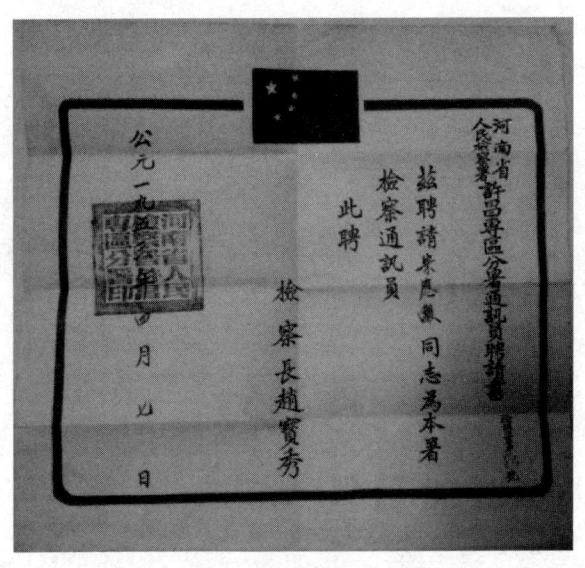

1956年许昌地区人民检察院颁发给宋应离的聘书

1955年6月,在经过实习后,宋应离即将毕业,就要成为许昌的一名小学教师。好运再次降临,因为报考大学的高中毕业生不够,师范学校的一部分学生被动员考大学。宋应离被挑中了,于是他参加了当时的高考,后被录取到河南师范学院,开始了他大学4年的生活。

15年匆匆如歌,恍惚若梦,忆起小学、初中与师范之岁月,宋先生记曰:长在五星红旗下,时逢新的好时光。党的领导开新路,学习生活乐无疆。读完初中上师范,立志要把教师当。时来运转好机遇,有幸进入大学堂。

第二章　进入大学堂

（一）古都校园

新中国成立后,共和国开国元帅、国家副主席朱德曾到河南大学视察,饶有兴致地爬上了铁塔。1958年12月,陈毅副总理也来过一次。周恩来总理没有亲自到过河南大学,但对河南大学十分关心。1948年6月20日,开封解放前夜,周总理就攻占开封后的几个政策问题电复军前指挥官粟裕和陈士榘两位将军,其中有如下内容:"开封是河南文化中心,'望对该地知识分子尽量招收','对河南大学、各中小学、图书馆、博物馆等应加意保护'。"①

千年古都,百年河大。

1955年秋,宋应离被录取到河南师范学院,即现在的河南大学。当时,河南师范学院在开封、新乡两地办学,分称一院、二院。1956年秋起,一院改称开封师范学院,即今河南大学;二院改称新乡师范学院,即今河南师范大学。

9月初,母亲把祝福和衣被捆成七八斤重的包袱,送宋应离

---

① 中共中央文献研究室编《周恩来年谱1898—1949(下卷)》,中央文献出版社,2007,第796页。

上了火车，于是他第一次踏上了八朝古都——开封的土地。出了火车站的脚刚沾地，旋即又迈上了迎新的车辆，前前后后都是来自大城市的学生，他们戴着手表、穿着皮鞋和提着手提箱，在农村人宋应离的头脑中，还只有文工团成员是这般形象。对比之下，自己一身褴褛，除了背上的七八斤包袱，可以说什么也没有。为即将大有可为的学习生活计，他和一同去报名的王宗堂去街上买了个洗脸盆儿。

到学校以后，接待新生的工作人员上来问："你上什么灶？"宋应离："……"接待人员继续："你上哪个伙房吃饭？这里有米灶，有面灶。""米灶面灶都行。"一时满堂大笑，接待人员对他说："同学啊，你不明白，米灶是给南方同学准备的，他们上米灶，你是北方人，你要上面灶。"原来，在铁塔公园南边那儿有两个食堂，一个是专门煮大米饭的，一个是专门煮面条、面片儿和做馒头的；一个做南方人的饭，一个做北方人的饭，分开入灶。

有来自全国各地形形色色的学子，大学生活自然新奇而丰富。学校东一斋和东二斋西边有两个篮球场，每逢星期六的晚上，两个球场开舞会，舞场里灯火辉煌。南方大城市的同学中有众多舞蹈爱好者，伴随着广东《步步高》的乐曲，男男女女就踩着节奏铺满舞场，尽情欢跳。那时大多数中国人在思想上对此尚不能接受，这些潮流的东西被乡村气息浓厚的人视作不合规矩，也多为此感觉到害羞，而大城市里的人开放许多。在火热的气氛下，宋应离和一些同学也只是在舞场外观看，有人招呼他们："进来吧，进来吧！"宋应离一再摇头，心里一概回应：打死也不去。海南和两广的同学还可以一年四季不用穿鞋，赤脚走路，这便是地域文化的不同了。国家的幅员辽阔，总能在大学里窥见一二。

大学的课程也更加丰富，系里开设的汉语、文学、写作之类的课程有七八门。学校对老师要求很严格，上课之前集体备课，在教研室里先讲一遍，提了意见以后再拿到课堂上，但高水平的学者总是能信手拈来。

中文系系主任李嘉言教授，毕业于北京大学，是闻一多先生的弟子，主讲古典文学。李教授学识渊博，重视考据，讲屈原的《离骚》时，可以把其中一句经典讲上一个多钟头，在反复比较中扩展知识，让学生收获甚丰。王梦隐教授在古代文学课上讲《诗经》，讲到兴奋时，还打起拍子来，和着节奏缓缓吟诵"蒹葭苍苍，白露为霜……"，如音乐一般，声声入耳，字字入脑，真是美妙。

文学、汉语课的考试是一成不变的笔试，但政治课是抽签口试，抽出哪个问题就回答哪个。有题目如下：请你谈谈遵义会议的伟大意义。宋应离作答：这是中国共产党历史上的一个转折点，从此奠定了毛泽东的领导地位，为党和革命事业转危为安、不断打开新局面提供了最重要的保证。以此完全达到老师的满意。

1956年党中央提出"向科学进军"的号召，广大知识分子和青年学生备受鼓舞，学子们争相在学校内外的书店里买书，大礼堂后边有间小书店的门槛不知被踏破了多少回，宋应离也常拿着省吃俭用来的钱去买书读。

"上大学就是熏陶"，河大的文化沃土深厚，学风优良，这里的学生是"铁塔牌"学子,历来求实肯干,不说空话,很长时间里,他们都是《河南日报》社最青睐的人才。20世纪50年代的河大学生约有三千多名,党委书记曾豪言要办万人大学,这在那时完全被看作是难以企及的梦想,不过这梦想在几十年后真的成了现实。

(二)校报优秀通讯员

1958年,中央提出教育为无产阶级政治服务,教育与生产劳动相结合。有部分学生认识不够,认为参加生产劳动是浪费青春。针对这一思想,校报展开了大讨论,有学生结合自己的思想实际在校报上发表文章,端正了大家对参加生产劳动的认识。

大学有广播站,学生每天可以听新闻了解国家大事,而在校报的平台上,师生们就不仅仅可以开阔视野了。入校不久,宋应离就把阅读《开封师范学院》(开封师范学院的校报)变成了自己生活的一个重要内容。这是一份小开本报纸,最早创刊于1929年,除了刊登学校新闻外,还开辟了很多专栏——党团生活、学习交流、诗歌散文等等,几乎涵盖了学校生活的方方面面。校报的一个重要目标,就是引导学生树立正确的世界观、人生观、实践观。

除了生产劳动,校报还对当老师的责任思想起到了正面影响。有部分学生本不愿上师范学院,认为当老师不够光荣,学校就特地请来了新乡师范学校的模范女教师吕迺成,来讲当教师的重大意义和怎样当教师。之后校报对此进行专题报道并开展讨论,宋应离也根据讨论写了文章在《河南日报》发表。

入校不久，宋应离就尝试向校报投稿，很快被聘为校报通讯员，然后是特约通讯员，再后来是助理编辑，投递的稿件也从简单的几百字报道，逐步变成两三千字的长篇通讯。在对高质量稿件的追求中，周围的人和事，生活的无数细节都被他拓印似的输进了脑中，这些鲜明灵动的信息随时带来奇妙的灵感，每当它们一闪而过时，即刻舞动指尖，将其记录下来。与同学们在一起，他对很多事有切身的体会，有关报道写起来也得心应手。新闻报道贵在迅速及时，学校开大会时，宋应离都事先到大会的会场——大礼堂里去，探听会议规模、主持人员、会议内容等等相关情况。等到会议开始，他一边听一边打腹稿，会议结束当晚就写好报道，第二天立刻发表。他体会到"写新闻要七分观察三分写作"所言非虚。

1957年10月，全院师生参加治理惠济河的劳动。这条河原在河大老校区西门外，后来被填平了。师生治河劳动的热情很高，宋应离在参加劳动的同时，跑遍工地采访师生，写出了长篇通讯《惠济河上的一支劳动大军——记我院师生参加挖渠劳动》，很快在报纸上刊出。

1960年3月，《中国青年报》刊登了长篇通讯——《为了六十一个阶级弟兄》，报道了全国上下支援解救山西平陆县因食物中毒而生命垂危的六十一位农民工的事件。各地载着药品的汽车、飞机开往平陆，场景壮观，十分感人，展示出的是社会主义的优越性和中国共产党的力量。宋应离就此及时写了一篇评论，题为《震撼人心的共产主义凯歌——读〈为了六十一个阶级弟兄〉》，刊登在当月26日的校报上。

《开封师范学院》(1960年总第298期)刊登宋应离评论文章《震撼人心的共产主义凯歌——读〈为了六十一个阶级弟兄〉》

白天要劳动,夜里劳累的同学们都打着呼噜睡觉了,唯独宋应离在床上想来想去,然后坐下来写稿。4年里,他一共给校报投稿70多篇,几乎每一期都能见到他的名字。

4年的大学生活上课的时段实际只有1年多,而且,多数时候的天气并不友好。50年代的气候相对更冷些,不断的雨雪加上连续的劳动,许多同学都无法适应。学生们很艰难,宿舍在铁塔院里,一个寝室8个人,4张双人床,盖小被子,铺小褥子,被子很长,就把靠脚那一头卷起来用皮带束住,把两脚伸进去,和被褥紧紧拥抱着挨过寒天。有需要时,所有人便挺身而出,铲草、拉土、拉大粪、拉大马车、修房子……如今的铁塔湖,就是当年他们的劳动成果。

在4年大学生活中,宋应离除了经常给校报写稿,在系里还办了一张叫《红旗》的油印小报,反映学习生活、好人好事。这张小报后来系里去太行山、三门峡劳动时坚持办下去,对师生的学习生活起了很好的作用。

(三)"反右派"斗争中经受考验

"胡风案"发生后,河南大学有教师被卷入其中,教学秩序在一定程度上受到了影响,一年后即恢复正常。这恢复却是昙花一现。1956年,毛主席在最高国务会议上提出"百花齐放、百家争鸣"的方针,著名学者费孝通写了一篇文章《知识分子的早春天气》,表达了广大知识分子共同的喜悦。1957年初,党中央又发出了开展整风运动的通知,号召全国各民主党派各阶层人民向中国共产党提意见,这就是大鸣大放。河大校园中,从大礼堂到校门口的道路两旁,都搭上架子糊上席棚,一张接一张地贴着大字报。很多师生出于对党的热爱,写了大字报发表意见,内容包括有中苏关系问题、农业合作化问题、老百姓的生活问题、学校的教育问题等等。

1957年6月8日,《人民日报》发表社论《这是为什么?》。

社论说:有人反对党,这是一些知识分子毫不遮掩表示出来的。中共中央发出指示,在全国范围内开展反右派斗争。但是斗争被某些人严重扩大化了。河南大学教职工划了30多名右派,学生近百人。宋应离所在的班是个小班,30名学生,也被划了3名。这些被划为右派的师生,在之后的人生道路上免不了受到一些影响。

郭晓棠是当时的教务长、党组书记,有人写大字报请他回校参加反右派斗争,若不回来,就要"罢鸣",威胁领导。宋应离也随一些同学在"罢鸣"的大字报上签了名,不想这一签却犯了政治错误,致其党员预备期延长一年。宋应离本于1956年元月已申请入党,1958年元月才成为正式党员。

(四)置身"大跃进"和人民公社中

1957年,毛泽东发动"大跃进"和人民公社运动。1958年春秋季节,中文系1400名师生开赴焦作修武县,住在公房和当地农民家里,吃大锅饭,日夜不停地上山开矿,将开出的矿石运回开封,架土炉锻造,"大炼钢铁"。结果炼出来都是一些渣滓、废铁,不是合格能用的钢铁。宋应离尤记得当时的宣传口号:"眼熬烂,摸着干;腿跑断,爬着干。任务不完成,誓死不下山。"

"大跃进"期间,一些反对浮夸、具有资产阶级学术观点的人被认作"资产阶级白旗",由此掀起了"拔白旗插红旗"运动。

"拔白旗"严重伤害了一批教师的积极性,致使他们纷纷退出了孜孜半生的讲台,同时原有教材被认为不宜再使用,于是学生、青年教师、工农兵开始重新编写教材,叫"三结合"编新教材。但青年教师是刚毕业的助教,青年学生才入学不久,工农兵文化程度堪忧,他们又如何能编写出合格的教材。有些毕业的学生甚至都读不下去几行字,也被派去管理农村小学,在任的日常就是在校门口晒太阳。

1958年,上海某出版社提出要一年出版书籍347种、2900万册,北京某出版社也提出争取成为世界出版社的先进典型。甚至有的县提出办县出版社,要大放卫星,日出一书,每个编辑每年写5篇书评。人人也都要写书评,人人也都要做诗,每个县要出一个鲁迅,出一个郭沫若。这些想法行动流行一时,有人狂热,有人叹气。对于宋应离来说,都是亲身经历,也受其影响。1958年开始的两年时间内,河南大学几乎全部停课劳动。

第三章　人民教师——光荣的岗位

（一）园丁的形象

周总理接见河大师生后不久，1959年11月，时任团中央第一书记的胡耀邦到河南大学考察，应邀在学校第四次团代会上讲话。胡耀邦激情洋溢地说："历史上许多老师和文人都来过开封，孟夫子来过，李白、杜甫、高适也来过，欧阳修在这里当过县长。孟夫子专是专，可只专不红，但是因为他办过教育，中国人民纪念他。谁说教育工作不重要，教育工作重要得很，我们这一辈人以钦佩的眼光看待教育家。你们是红色教育家，共产主义教育家，你们要看重自己的地位，祝你们朝着红色教育家、共产主义教育家的方向前进，前进，再前进！"他当场就题字"立下雄心壮志，赶上世界先进水准"。胡耀邦的一席话引得满堂轰动，所有人都感觉到若能当上教师，将万分光荣。参会的学生中，有宋应离。

"文化大革命"时期，工人阶级领导了一切，一切都向贫下中农学习，要打倒的有地主、富农、反革命、坏分子、右派分子、叛徒、特务、走资派、知识分子九类人。由于排在第九位，知识分子也被称作"臭老九"，这其中当然也包括教师，而且教师是重点改造对象，社会地位极低。那时，宋应离等人也深感政治上地位低,生活也有困难。

刚毕业当大学教师时,他月薪仅 42.5 元,一块钱只能买到 8 个鸡蛋,后来慢慢提高到 53.5 元、65 元。1978 年农转非,宋应离一家从农村搬来,5 口人住一间房子,生活在艰苦中慢慢改善。改革开放以后,薪资涨到 3000 多元、5000 多元。

政治地位的提高,生活的改善,他更坚定了当一名教师,为党和人民做贡献,这是自己应该履行的神圣职责。

(二) 初上讲台

1959 年 8 月,宋应离毕业。这一届河大中文系毕业生有 10 个班 330 人,次月,有 18 人留校当教师,他是其中之一。实际上早在 1958 年教育革命时,他就参加了师生结合编写教材的工作,同时因为系里文艺理论教研室缺教师,他被留下做了教学辅导工作。

1959 年宋应离大学毕业照

教研室负责人是万曼教授,他沉默寡言,一心为学,讲课速度很慢,像是在一点一点地认真垦田,在当时已经出了多部关于语文教学和古代文学的专著。他总说做学问要有坐冷板凳的精神,要耐心刻苦,就如史学家范文澜①所言一样:"板凳要坐十年冷,文章不写一句空。"

初上三尺讲台,经验不足,能力稍欠,宋应离有时照本宣科,但好在学生们学习认真且善于提出问题,在一起讨论的过程中相互收获不少。照的这个"本",起初是以群②先生主编的《文学基本原理》,后来换作蔡仪③先生的《文学概论》。经过几年的教学实践,他开始撰写文艺理论方面的专业文章,大概有十几篇,发表在《中州学刊》《信阳师范学院学报》《许昌学院学报》等刊物上。

留校时,正遇上我国三年困难时期开始。从1959年前后到1961年,全国粮食紧缺,单人每月口粮27斤,蔬菜很少。学生食堂吃饭受到限制,比如哪天中午吃包子,小黑板上就写着:男三女二,男生吃三个,女生吃两个,女同学饭量小吃不完的就让给男同学。因长期营养不良,宋应离得了浮肿病,小腿上用手一按就是一个坑。生活上的困难,让学校的教学也处于半停顿状态。

(三)参加"四清"工作队

在"大跃进"之后和"文化大革命"之前,全国展开了一场意

---

① 范文澜(1893—1969),字芸台,后改字仲沄,浙江绍兴人,历史学家,是马克思主义史学开拓者之一,被誉为"新史学宗师",其《中国通史简编》是第一部运用马克思主义观点系统地叙述中国通史的著作。
② 以群(1911—1966),即叶以群,原名叶灿、叶华蒂,笔名以群,安徽歙县人,文艺理论家。曾参加中国左翼作家联盟,领导"左联"活动。1932年加入中国共产党。1957年被错划为"右派"。
③ 蔡仪(1906—1992),中国美学家,文艺理论家,原名蔡南冠,湖南攸县人。对马克思主义的美学理论和文艺理论多有阐述。

义深远的政治运动——社会主义教育运动,也称四清运动。在国家经济困难、国际政治环境日益紧张的形势下,加强中央对农村的控制、防止修正主义与和平演变、巩固社会主义制度成了当时工作的重中之重。1963年,运动在农村和少数城市基层展开,覆盖了一批工矿企业和学校等单位。1965年初,这场城乡运动进入以清政治、清经济、清组织、清思想为主要内容的大四清阶段。此"四清"在城市中最初是"五反",即反贪污盗窃、反投机倒把、反铺张浪费、反分散主义、反官僚主义;在农村中最初是清账目、清仓库、清财物、清工分,后来得到统一。

党中央发出的文件曾提到,我国农村的政权三分之二不在我们手里,农村基层干部存在贪污、多吃、多占等腐败行为,因此,运动开始整治农村走资本主义道路的当权派,包括有腐败行为的农村基层干部。群众见此,纷纷积极响应,各地各单位迅速组织了工作队,参加四清运动。

除党政机关抽出一部分干部之外,学校也抽出一部分师生参加四清工作队。宋应离作为一名青年教师被派往开封通许县,在离市九十里路、位于其东南角的四所楼乡孙营村的一个生产队做四清工作,领导是杞县一位乡党委书记,一起去的还有同系1967届的一名女同学。

到了村里,工作队开始发动群众,揭发农村生产队干部四不清的问题,主要是多吃、多占、贪污腐化。例如某人某年某月多吃了生产队的粮食,多吃了生产队的花生,多吃了生产队的蔬菜,等等。但是在工作中逐渐酝酿出了一种不良风气,即哪个工作队查出的问题多,哪个队就受表扬。宋应离所在的生产队由于一切都让干部自觉交代,结果交代出的问题很少,成绩不大,被评为落后队,受了批评指责。当时虽然思想上压力很大,但宋应离是感到很充实的,只因为拒绝跟风,实事求是。

通许县在当时是一个很有名的穷县,人口多,土地少,而且多为盐碱地,粮食产量很低,农民们常年为了吃饭而发愁。宋应离所在的工作队住在一个年过六旬的老农民家里,老人还带着一个女孩,两人相依为命,靠天过活。当地农民的三餐以红薯为主,早饭把红薯放到锅的篦子上,锅底添上水,红薯蒸熟了就一边喝着开水一边吃,偶尔才吃一些玉米面馍之类的东西。

这样的日子一直过了半年。虽然也曾经历过艰难的日子,但与农民在一起的生活体验,还是让宋应离的内心难以平静。村子里没有一个从学堂走出来的人,上上下下全是文盲。

此情此景,令宋应离无比哀痛,他决心要为改变农村的贫困面貌而尽终生之责。而宋应离进一步想到的就是,作为一名大学教师,究竟要如何改变农村经济文化落后的面貌?

(四) 工宣队与斗批改

四清运动刚结束不久,1966 年 6 月,"文化大革命"在全国爆发,河南大学也不可避免地参与其中。许多人被批斗,许多人牵涉其中。批斗也有"文斗"和"武斗",1967 年 7 月初的一个夜晚,一场万人规模的武斗席卷开封市及河南大学,带来大混乱。在相当危险的情况下,宋应离连夜逃离了学校,在老家躲避了半个多月。第二年秋天,工宣队和军宣队陆续进入了地方各大学校。

第三章 人民教师——光荣的岗位

工宣队即工人毛泽东思想宣传队，肩负相同任务但由军人组成的队伍则叫军宣队。他们进驻学校，是要稳定学校局面，改变学校的混乱状态，最初是毛泽东于1968年7月为平息清华武斗而派出的。8月26日，《人民日报》引述毛泽东的指示："工人宣传队要在学校中长期留下去，参加学校中全部斗、批、改任务，并且永远领导学校。""斗、批、改"即学习毛主席著作而斗私批修、批判反动路线、改造大学，以求清理阶级队伍。此后9年间，中国大中城市的学校均由工宣队和军宣队领导。

1968年冬，中央下达了一号文件，指示将部分机关转移到大后方。学校也在此列。在上级，即工宣队的指挥下，河大一千多名教职工和数千名学生向河南灵宝县山区转移，参加"斗、批、改"，到农村搞劳动。教师们焦躁不安，不知到那片山区后何时才能回来，不知以后会不会再从事教学工作了。为了甩包袱，大家都把自己多年来存放的图书和报刊卖掉。天空飘着小雪，书贩子在校门口搭起帐篷，拿着收来的书报竞相吆喝："谁卖书？谁卖书？"这时一名小书贩又收到了可以换钱的物什，他接过厚厚的一摞《文艺报》和《人民文学》，但没有细看，或许也看不懂，总之随手把它们混进书堆里，即便他猜得到这应当是它们原来的主人用好几年时间集来的。只用那一瞬间，小书贩便又转过目光，宋应离则默默转过身去。

河大师生转移至的灵宝县是豫西南山区的一个贫困县，学校的教职工住在不同的乡镇。中文系在朱阳镇，和山区农民一样住窑洞，但六十多人都只能挤在一个大窑洞里，睡在干草树叶上。每个人的睡眠习惯、身体状况等各不相同，其中自然有人难以静心入梦。在灵宝，清理阶级队伍是重中之重，此外还要参加许多农业劳动，其余时间就都用来学习《毛泽东选集》了。师生们的日常生活就成了这样：吃饭、开会、斗批改。有时夜里遇上毛主席发布最新指示的讲话，所有人都起来敲锣打鼓以表庆祝。如今朱阳镇的山上还清晰地保存着很多大字，都是类似"在毛泽东思想旗帜下胜利前进"这样的标语。

  星期天，一些教师会到镇上买点水果吃，有农民会说大学老师把镇上的苹果都买光嘞。每当学校的广播站播报时提到"开封师院广播站"，农民们就操着方言说："开会吃饭广播站又广播嘞！"学校有单独的食堂，但为了改善职工的生活，学校常派人去农民当中买些肉类好菜来改善生活。农民也常和老师们坐在窑洞边，谈论生活，谈论劳动，聊到开心时，就你一句我一句地凑诗歌，从难以发掘的生活情趣中凑，从艰苦烦闷的实践劳动中凑，颇能各得其乐。这些诗通俗幽默，生动押韵，有不少成了深铭着时代烙印的好作品，诠释了什么叫"生活是文学创作的唯一源泉"。有一首《买鸡歌》，后被河南大学中文系青年教师孙广举加以整理，流传至今：

  爬过坡，翻过堤，从村东，到村西。

  一声高来一声低："买鸡喽！谁卖鸡！公鸡母鸡俺都要，只要肉肥价便宜。论个儿论斤都可以，童不哄来叟不欺。"

  大娘张口要三毛，俺开口还她二毛一。

  大娘说："不卖不卖俺不卖。留着自己吃肉哩！要不是俺家缺盐吃，才舍不得卖俺下蛋鸡！"

讨价还价磨嘴皮,最后讲定二毛七。
"大娘大娘你看看,展刮刮俺的票子是新的!"
讲好价钱去逮鸡,翻身跳进鸡窝里。
母鸡叫,公鸡啼,你撵东,它跑西,
东躲西藏嘎嘎叫,空抓一手鸡毛羽。
老九一急生了气,一把把帽子甩在地,
挽挽袖子搓搓手,还把裤子提一提:
"堂堂大学当教师,不信逮不住你这只鸡!"
鸡们一看势不妙,扑扑棱棱墙外飞,惊动隔墙四邻居:
猪在哼,狗在吠,鸡鸭鹅们满院啼。
狗撵人,人撵鸡,累得老九气吁吁。
一不小心绊住脚,趴地啃了一嘴泥。
跃起围追又堵截,七手八脚逮进筐里。
精疲力竭心戚戚,光头上渗出汗几滴。
肩上挑,手里提,老九宴上吃百鸡。

艰难的境况下,知识分子们仍存留着对生活的乐观、希望与信心。在这样的生活中,灵宝窑洞对宋应离的护佑持续了半年光景。

(五)下农场劳动

从灵宝回来不久,学校开拓了农场,先是杞县的睢杞林场,后来在尉氏永兴农场。农场走五七道路,既劳动也学习。

1974年,尉氏农场迎来宋应离等二百多名师生的轮换劳动,大家在农场就餐,住新建的简易房,上午劳动,下午学习。场长的光荣岗位交给了宋应离,数学系总支书记戴鸿儒担任了农场党委书记。耕地锄草、打棉花杈子、养猪,这些农活从来都是看着容易,实则都是学问,为使大家尽早熟悉,学校还请了当地生产队的一个老农当参谋。麦收时宋场长还坐上了收割机,若不是大家已经亲近熟悉,谁又能分得清哪个是农场的小官儿,哪个是本地的庄稼汉呢?

场里有学校教职工子弟50多人,都是高中毕业生。他们与大学师生和农民都不同,未来仍有机会考取大学。本着这一想法,宋应离等人在农场里办了一个文化培训班,让这些知识青年参加。到"文革"结束后高考恢复,他们中大部分都考上了大学。那年头,一起流汗、一起钻研,相扶相助,谁又能说这不是战友情呢?至今这当中的一些青年仍和当年的农场长有联系。

1975年宋应离从农场回校,被任命为院党委办公室副主任,新岗位以文字工作为主。领导人中,党委副书记白均在调来前是省公安厅副厅长,党委书记王燕生是一位颇受好评的老革命。王燕生是河北徐水人,在新中国成立初期任青年团河南省委副书记,后来到洛阳工学院任党委书记,在"文革"初期受到迫害,调来河南大学担任了相同的职务。在宋应离看来,王燕生书记热爱学习,平易近人,办事认真,毫无官僚作风。在宋应离所经历的十几位党委书记中,王燕生是公认最卓越的一位,王燕生在新世纪又继续生活了十多年,于2014年去世。

1976年"四人帮"被粉碎,持续十年的"文化大革命"终于结束。风暴停止后,万里晴空立刻出现在人们眼前。1978年春,校党委决定委派宋应离到学报编辑部担任领导。他虽然在学生时代办过小报,也为报刊写过不少稿件,他却从没想到会成为一名学术刊物负责人,但作为一名共产党员,他坚决服从组织分配。

而这一干,就是 13 年。

对每个人来说,这都是一段漫长的人生历程。

第四章　办学报：既播种，也修枝

不断进取是值得颂赞的，燃烧自己是将引来世人敬仰的。

（一）新任务——坚守《河南大学学报》

新中国成立初期，厦门大学校长、经济学家王亚南曾说："办好一所高校看什么？第一，要有一支优秀的教师队伍；第二，要有藏书丰富的图书馆；第三，要有一个办得好的大学学报。"武汉大学校长刘道玉也说道："学报是最充满阳光的地方。"

大学学报，是反映学校科研成果的一个窗口，更是培养人才的苗圃。

也许是一种命运的巧合，宋应离竟与《河南大学学报》同年同月而生。1934年4月，《河南大学学报》正式创刊，该刊以研究学术为宗旨，是我国创办较早的高校学报之一，时任校长张仲鲁在发刊词中直抒所怀："夫河南辐辏东西，绾毂南北，上庠之设，万众观摩，而举措筹置，风声景从。系乎文化前途者，至重且大。余于曩岁，一任校长，匆匆迁改，愧无建树。迩来重掌斯职，夙夜兢兢，亟思有以饬整。冀为学术之渊薮，文化之邓林。因约同人，爰有学报之编。乃述所怀，泚笔题于篇首。辞之工拙，所不计云。"①如今看来,"冀为学术之渊薮,文化之邓林"已成为河南大学几代学报人默默坚守的办刊理念。

但命途随时代而起伏,河大学报诞生不满周岁即因战乱停刊。1956年11月,学报终于获得新生,也得新名《开封师院学报》,著名学者嵇文甫写下发刊词:"教师把各自的思想劳动成果通过学报公开出来,以求得在学术界的共同审议。要在马克思列宁主义的光照下,运用独立思考,开展自由讨论,以创造性的思想劳动,以实事求是、对学术的真诚努力来迎接中国学术史上一个光辉的、灿烂的新时代。"

嵇文甫,1950—1956年间任河大校长,《河南大学校歌》歌词正是出于他的手笔。1895年,他生于河南汲县,即今河南省卫辉市,曾任教于清华大学、北京大学、燕京大学等高校,1957年调任郑州大学校长,是中国科学院学部委员,也是唯一一位来自河南的学部委员。2021年《光明日报》发表河南大学党委副书记张宝明教授的文章,题为《嵇文甫:中原史家,桃李天下》,纪念了这位卓越的"人民之子"。

1966年6月起,"文化大革命"使全国高校的教学与科研活动受到了干扰和冲击,中国大学学报史因此出现了长达七年之久的"空白",河大学报自然也未能置身事外。1973年4月,毛泽东在涉及陈景润的材料当中有一段批示:"有些刊物为什么不恢复?像《哲学研究》《历史研究》。还有些学报,不要只是内部,可以公开。无非是两种:一是正确的,二是错误的。刊物一

---

① 王学春主编《百年庠声 治校方略》,河南人民出版社,2019,第102页。

办,就有斗争,不可怕。"根据这一指示,一些大学学报陆续复刊或新创,《开封师院学报》也于1973年12月复刊。之后跟随着学校校名的变化,学报也相继在1979年8月和1984年5月更名为《河南师范大学学报》和《河南大学学报》。

(二)突出个性,办出特色

13年里,继承着光荣的办刊传统,宋应离在省出版局及学校领导的指导下,带领编辑人员牢记办刊宗旨,正确把握社会科学政治导向,取得了不小的成绩,刊发了许多学术论著,推动了学校的科研教学工作,也积累了丰富的办刊经验。

宋应离先生传下三条办刊独家心法:

其一,突出个性,办出特色。质量是刊物的灵魂,质量的体现正在于个性和特色,刊物以特色求生存、以个性求发展。群星闪耀相若,如果没有压过星光的皓月则难言夜空之美,一本学术刊物追求整体完美,篇篇文章都优秀是不可能的,总会高低有别,而发表的文章篇篇都平淡无奇、缺乏特色,也不会引来读者青睐。整体一致平庸不如局部突出,每一期能发表一两篇有特色的好文章,就足够令读者认可,有一两篇文章对读者有用,则此刊就值得称赞。而如何办出特色、办出个性,就取决于学校的学科优势和编者了。

八朝古都开封沉淀着博大的宋文化,河南大学正雄踞于此,校内的宋史研究所更是全国仅有的三大宋史研究基地之一,研究宋文化可谓得天独厚。因此学报开辟了一个《宋史研究》的专栏,连续多年发表知名专家有关宋史研究的论文。例如历史系教授周宝珠,学报先后发表其文章30余篇,增刊出版其著书《宋代东京开封府》,许多成果被《人民日报》及有关高校学报等转载。周宝珠曾把与学报的30年友谊喻为鱼水之情,称互相支持亲密无间。他的文章在学报上的出镜率总是很高,有人对此颇有微词,认为发表文章也该雨露均沾,宋应离冷峻地回应道:"谁有本事我发表谁的文章,没有本事我就不发表你的文章。学报要讲质量,这不能搞平均主义。"

《宋史研究》专栏让河大学报在国内享誉甚广,也成为学报中加强特色与个性的成功范例。

其二,例行主编职责,抓好编辑工作的各个环节。主编是刊物的大脑,也是刊物的影子,刊物上虽不见主编模样,却处处散射着主编的学识、思想和能力,一如红楼回回叙说着曹雪芹,贞观年年辉映着李世民,责任不可谓不重大。主编之职责有二:一是把握政治方向,二是把控内容质量。为此,主编就要去学诸葛孔明的事必躬亲,编辑部门的各个环节、每一期的稿子都要由其切实负责,把三审制执行到无可挑剔。

三审制,是20世纪50年代人民出版社提出的审稿制度。文稿要先由第一责任编辑初审,通过后交给编辑室主任二审,主任通过再送交总编第三次审查,全部没有问题方能最后定稿。曾有多少个夜晚,宋应离和副主编王振铎本已审读完毕,却又忽然心惊坐起,拨通印刷厂的电话指点改正最后一处差错,分秒不误,字字不误,丝毫大意不得。

其三,重视调动编辑部全体人员的积极性。一个健康的团队,内部总是有不同意见,办起事来却又要目标高度一致,每个成员都持续发挥着各自所长,团队领导则应怀有识人之明、用人之量、识人之法。

宋应离本人从不自抬身段,对于异议和批评也从不计较。在他的编辑团队中,一些重大问题要集体研究讨论,具体问题要充分尊重编辑个人的意见,各抒己见,甚至于争吵不断也是正常现象,一旦形成共识则立刻齐心干活。吵闹之后总归于喜悦,言路开放下不仅很少出现个人恩怨,还会加强彼此感情。宋应离的领导方式被一位编辑称作弹性领导,团队工作自然灵活高效。

编辑部成员十多人,各有专长和特点,有的目光长远有创见,有的学识渊博涉猎广,有的求严求真能把关,有的自有见地难纳谏,有的与世无争难寒暄,发挥每个人的特长与积极性是主编的重要任务。编辑部里,王振铎老师思想深入,治学严谨,目光长远,见解独到,善于发现问题。著有《编辑社会学》《编辑的选择与组构》的张如法老师,处事严谨认真,高度负责,善于把关,一本刊物到他手里,总能被抠出许多毛病。省级图书评审评奖时,要对送来的图书先把质量关,在校对过程中若发现不合格就要直接排除在评奖之外,而落在他手里的,危险等级自动加一,大家只要听说自己的书稿由张老师审查,无不如坐针毡,寝食难安。有的编辑深谋多虑但脾气暴躁,也仍然与人融洽、工作顺畅。对此,作为主编,宋应离总是重视个性,发挥所长。

(三)为了编辑

《河南大学学报》的名声越来越响亮,1984年10月,教育部高教司司长黄天祥在文科学报改革座谈会中讲话,对《河南大学学报》编辑人员为河南省举办学报编辑培训班的领先行动作了肯定,对他们卓越的编辑能力和丰硕的成果大加赞扬,教育部也对学报评定教师职称的工作专门发表简报,影响深远。

组织学报工作让宋应离成为编辑部深受爱戴的领导者、一位尊敬的"船长"。当时学报编辑部的同事王华生提千钧之笔,记下他工作的勤恳谨严,洋洋千言不吝溢美之词:"平实严谨、素朴无华,既没有架子,也不张扬";"极富主见,最能料事";"河南大学学报'编辑学研究'能领全国风气之先,宋老师是第一功臣!他既是积极的参与者,又是最有力的组织者和永远也不知疲倦的推动者,并且几十年如一日";成一切应成之事,止一切应止之事,有他坐镇的编辑部"除了工作就是科研,一派太平盛世的景象"。①

宋应离见到后笑着摆摆手,认为这些完全是过誉了。

在很长一段时期内,社会和学校都存在一种偏见,认为编辑工作低人一等,有能力的人都去创作作品了,谁来干这拾掇现成词句的活儿呢?所以,学界曾普遍认为老师评职称是应该的,学报编辑部的人员职称评定则因歧视而十分困难。

1980年,河南省高校学报研究会在信阳师范学院成立,宋应离被选为会长,一直任到1988年。其间作为河南省高校职称评审委员,宋应离在省评委会议上总是不遗余力地呼吁,要正确对待高校学报编辑职称问题,一方面强调他们大多是从教师中

---

① 王华生:《"编海"拾贝——一个编辑成长的心路历程》,《商丘师范学院学报》2015年第31卷第10期。

选拔出来的优秀者,另一方面讲述他们的默默无闻、为他人作嫁衣。同时他积极走访河南医科大学、郑州大学、河南农业大学等省内高校,向校领导汇报学报编辑工作,宣传学报编辑工作的业绩,让他们在评定职称中对学报编辑给予照顾。功夫不负有心人,长久的努力终于有了回声,1985—1989年间,河南省高校学报编辑人员在参加职称评定的教师中达到很高的比例,一时领先全国。

1986年,河南大学在宋应离等人的主倡下开始招收全国第一批编辑学专业硕士研究生。从此,编辑学研究开始薪火相传。

(四) 严谨细致的报刊审读工作

1989年底,宋应离出任河南大学出版社社长,2001年被省出版局聘为报刊审读员。

报刊审读是一项政治性、思想性、敏感性很强的工作,事关报刊的繁荣和发展,审读者必须经常学习党的方针政策,研究报刊如何坚持导向、把握发展路程、及时加以引导。担当此任,便是同时背负了崇高的光荣和巨大的责任。

每个审读员每月要审读3—5种刊物,并写出1份评审报告,力求做到实事求是、客观公正,无论褒贬都需有理有据,不流露主观情感,不臆断,报告择优在内部审读的刊物上发表。三五种刊物的容量很大,往往需要读几遍才能发现它们的问题。其优点在哪里,谬误又在何处,都需要精准定位;小到标点符号,大到思想内容和社会评价等,都需要高瞻远瞩地加以思考并做出判断,没有高度的责任感就难以写出高水平的评审意见。对报刊的赞许,是鼓励和树立模范,批评则是鞭策改进。经由宋应离审阅的《河南青年》《郑州大学学报》《信阳师范学院学报》等,都在不断变化,不断进步。

有一家学报曾开辟一个栏目,几乎全部用来刊发有关工作研究、学习心得、教学技巧等的文章,缺乏理论性、学术性,与学报的办刊宗旨相违背。对此,宋应离写下《高校学报要重视学术创新》一文,在报刊审读上刊出,该学报编辑部即刻召开会议:"我们十分真诚地接受审读员同志对我们的批评,我们编辑部及时召开了编辑部全体人员会议,对审读员提出的问题进行了认真的学习和讨论,编辑同志都十分严肃地进行了批评和自我批评,大家一致表示,一定要接受批评意见,并认真加以改正。"

2000年上半年,针对新闻出版工作中有偿新闻、虚假新闻、不良广告的出现,宋应离写下了《坚持正确导向,抵制低俗之风》,概括了低俗之风的八种表现,剖析了产生这种风气的原因,强调中国出版工作者要增强政治意识、大局意识、强化使命感、责任感,坚持先进的文化方向,坚决抵制出版中的不正之风。文章发表之后引起了广泛关注,报刊出版过程中的不良现象受到批评并整改,一股清风吹过中国出版界。

2006年一家报刊刊发文章《关注:"三农"背景下的农村留守儿童》,并发表了一篇调查报告《同一片蓝天下的期待——农村留守儿童的教育及其成长实录》,该报告以翔实的材料和典型的案例,报道了河南省1500多万民工外出打工之后,留守在农村的儿童面临的生活与学习上的巨大困难,并探讨了解决这一问题的措施。关注社会生活,关注民生疾苦,关注中国下一代新人成长的文章意义深远,宋应离也因之写了一篇评审报告,提出,三农问题不仅是党和国家应该广泛关注的重大问题,作为传媒机构,报刊也应怀着强烈的责任心,撰写并发表这类文章。他高度肯定了这家刊物,点明了它对建设当前社会主义和谐社会和农村安居做出了自己的贡献。评审报告很快在《河南报刊动态》上发表。

宋应离担任了8年的审读员,写出评审文章80多篇,在《河南报刊动态》上刊发70多篇,为推动报刊的发展、提高报刊质量,做了一定的贡献。

第五章 霜雪岂能败傲梅

俄国文学大师列夫·托尔斯泰说:"人这一生只有两种不幸,受良心谴责和罹受病痛。除此之外,都是幸福。"如此看来,宋应离终究是遭遇了第二种不幸。真是风云难测,祸福难料。

(一)伤病

1979年春,宋应离刚到学报工作不久,去新乡组稿,住在当地招待所四楼,楼上正在施工,清理废物。某天,他在新乡工作的一名学生孔凡芳前去拜访,见完面之后宋应离下楼相送,谁料想刚走到楼门口,一块砖头从四楼落下,竟直直击中他的头部,左侧被硬生生砸出半个核桃大的窟窿,顿时鲜血喷涌,他两眼一黑便昏倒在地。随即,他被就近送到人民医院抢救,进行了脑外伤手术。术后他疼痛难忍,一连五个昼夜不能入睡,此时的他尚未脱离危险,脑损伤是绝不可小视的,对头部的外部击打可能造成可怕的、累及一生的后果。孔凡芳和她的女儿一连数日前来送饭,宋应离的爱人从开封赶来陪护,校党委宣传部部长、学报编辑部的同事都纷纷赶来探望。住院一个多星期后,情况已经稳定,而当时河大政教系一位老师的姐姐正好是北京中日友好医院的医生,为进一步治疗,宋应离被转到北京继续就医。

在北京,宋应离面对医生的第一句话是:"我是做文字编辑工作的，经常需要写东西，我的右手不知道能不能恢复？"医生用一个小铁锤在他的胳膊上敲一敲后说："行，有弹性，还能恢复。"这句话给了宋应离莫大的安慰，竟让他一时忘记了全身的痛苦。半个月后病情好转，他和家人一起回到了学校，继续扎进编辑工作中。

没想到的是，"祸不单行"这句古谚也在宋应离身上得到了印证。但这次，是"蓄谋"已久的直肠癌。

早在1964年，他在通许县参加农村四清工作时，就发现大便常带血丝，但因为工作和劳动，并没有引起重视，也没有去医院检查治疗。1983年春的一天，他把一袋面粉扛上了位于三楼的居所，放下面袋去上厕所时忽然大量鲜血涌出，几乎流满了便池。开封市人民医院的医生初步诊断结果是结肠炎，治疗几天后未见任何效果，为找准病因做有效治疗，宋应离转到了河南医学院，就是如今的郑州大学附属医院。但医院偏偏在这时床位紧张，他一时无法入院，只能在医院附近的一个临时招待所等待，10天后才入院治疗。

进一步检查后，他的病情被诊断为直肠癌，需要做手术。主刀医生是刚刚海归的谢志征大夫，他在手术前征求病人意见："是根治还是保守疗法？"宋应离的回答是根治。根治的治疗方法叫造瘘，即不留肛门，从肚脐口上开一个口把肠子拉出来，让肠子和肛门断绝开来，平常的如厕方式也会因此改变，但术后不易再复发。持续8个小时的手术很成功，直肠被切除了40厘米，医生告诉他病情若三年之内不复发就算是痊愈了。但生理习惯的改变给他的生活带来了许多痛苦和不便，病灶即原来的肛门部位常有下坠的不适感,像火棍一样灼烧,让他心情焦躁不安。

两次大难可谓九死一生,对身体的严重伤害是长久难消的,但宋应离都挺了过来。1994年2月20日,《光明日报》王衍诗文章《生命的红灯亮过之后——访编辑学家、河南大学教授宋应离》一文,记载了宋应离这段同病魔的长期斗争史及医学上的奇迹。值得注意的是,文章中提出"编辑学家"这一概念,首次在国家级媒体上出现。

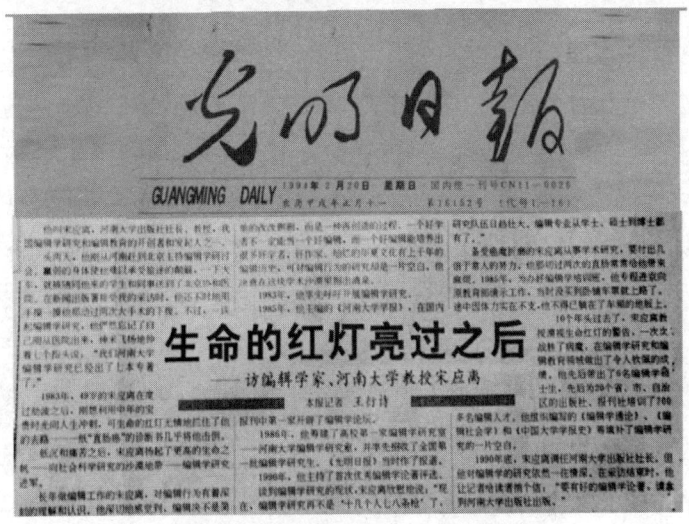

《光明日报》1994年2月刊登王衍诗文章

(版头和版面文章拼接成图)

(二)乐观

老话说大难不死必有后福,也有人说"经过死亡线考验的人多半长寿",宋应离却并不相信,后福也是自己努力而来的,岂存在天命?在经过两次苦难后,他决定重新安排自己的工作、生活,在保持乐观情绪正常工作的同时,坚持锻炼身体。他逐渐养成了每天锻炼行走的习惯,早上下午各一个小时,就在河南大学明伦校区东操场上。最初是忍痛锻炼,三年后身体上的病痛基本消失,进一步增强了他长期锻炼的决心与信心。这一习惯一直保持了30多年,日日如此雷打不动,如今年近九旬的宋应离仍然每天有步行两公里多的运动量。锻炼的效果,有今天的身体状况作证。

年迈的宋应离前些年被检查出胃有反流的毛病,有时吃完饭后直从胃里袭来一阵呕吐感,需要服用一种叫雷贝拉唑的药来缓解,同时他也坚持揉肚子,保持消化系统正常运行。高血压、胃病、骨质增生,也都一个个像巨石般压在他身上。但他从来都是泰然处之,该去医院则去,该用药则用。皮肤在贴过膏药后出现了过敏反应,散完了步也能缓解,原来不过是血液不活的缘故。

有人说自己老了,什么也不想做,但宋应离说只能坐在躺椅上多没意思,没有不能战胜的困难,人若多病,药物绝非全能,更重要的是积极乐观向上的心态。

有一次他去河南省人民医院复查,医生问:"你怎么一个人,不和家属一起来?你看病情又转移复发了。"他几乎不动声色地把拍出的片子拿到河南医科大学检查,医生一看片子便说你放心,说并不是那个情况。医院里做B超拍CT是很容易的,但是看片子鉴定病情却有难度,河南医科大学算是让他的心彻底踏实了下来。

是啊,有什么可担忧慌张的呢?不期而遇之事千千万,遭受灾病时冷静面对、勇敢战胜是一种精神,也是一种大智慧,有良辰烟景,有大块文章,万事全然不必大惊小怪。

20多年来,河南大学患直肠癌的教职工有八九人,幸存的只有二人,宋应离是其中之一。与疾病斗争多年,宋应离总结人生健康的三点经验:一是注意营养,二是注意锻炼身体,三是保持良好的情绪。这就是经验之谈。

第六章 开展编辑学研究，
培养编辑出版人才

（一）开设专栏，高举编辑学研究大旗

中华文明的历史长河中，写书的人有千千万，书中自然有学问，但编辑也有学问吗？也许有人这样想过，毕竟书坊里的工作也暗藏着智慧，可就是没有人明确提出这样的认知。我国的编辑出版活动有着漫长的发展过程，但从未有人将编辑作为一门专门的学问进行过系统研究。从20世纪末开始，有学者对编辑学追根溯源进行研究，并对"编辑有学无学"的学科问题进行了讨论。

1994年《编辑学刊》第5期发表李频文章，指出清代魏源是我国最早提出将编辑学作为一门学问的学者。魏源深入研究了中国古代的出版文化，将我国图书编辑活动的历史追溯到先秦，认为先秦典籍是编辑劳动的产物，并由此正面肯定编辑有学，而且命名为"整齐文字之学"。

魏源在《国朝古文类钞叙》一文中说道："百物之生，惟人能言，最灵贵于天地，有笔诸书矢为文字之言，即有整齐文字以待来学之言。请言六经：六经自《易》《礼》《春秋》，姬、孔制作外，《诗》则纂辑当时有韵之文也；《书》则纂辑当时制诰章奏载记之文也；《礼记》则纂辑学士大夫考证论议之文也；网罗放失，纂述旧闻，以昭代为宪章，而监二代之文献。然则整齐文字之学，自夫子之纂六经始。后世尊之为经，在当日夫子自视，则亦一代诗文之汇选，本朝前之文献而已。故曰：'文不在兹乎？'是则古今文字之辰极也。"①

魏源从六经本源的角度，将《诗》视为韵文的编纂，将《书》视为奏章典章的纂辑，《礼记》则是士大夫考证议论的汇编，而《易》《礼》《春秋》等则是私人编辑活动的嚆矢。这就说明古代编辑者，通过删减各方面的材料编辑成书，这就是编辑工作。魏源提出编辑是有学问的，不是没有什么研究内容的，并肯定了孔子是中国最早的编辑家，从孔子编纂六经开始，后世尊之为经，才有了经学。魏源的说法支持了"编辑有学"之说。

除了魏源，近百年间，梁启超、王韬等报刊编辑家都曾对编辑作为一门学问的问题进行过探讨。鲁迅就曾在给赵家璧的一封信中提出编辑是一门学问。人民出版社的著名出版家王子野也曾从学科设置的角度，对当时设立新闻学、图书馆学、文献学、目录学，唯独没有编辑学的现象提出反对意见。编辑学比新闻学的历史要悠久得多，新闻学是一门年轻的学科，编辑的历史却很长，但是过去一直没人把编辑作为一门学问提出来。科学家钱学森也曾提出：编辑是一门学问。

原中国出版科学研究所副所长、中国编辑学会常务副主席、副会长邵益文在其编著的编辑学丛书《编辑学在新中国茁壮成长》的序言中，曾指出早在民国时期，就已经有学者将编辑学作

---

① 《魏源全集》第12册《古微堂外集》卷三，岳麓书社，2004，第234页。

为一门学问进行研究。他说:在新中国成立之前,中国就有一本《编辑学》,这是广东国民大学的一个老师、新闻系的教授李次民先生编写的。《新闻编辑学》本是李次民1947年讲授"新闻编辑学"课程时的课程讲稿,1949年由广州自由出版社出版,由于当时开设新闻课程的大学不多,仅有8所大学有新闻系,所以该书印数很少,闻者寥寥,影响不大。①

从晚清到民国,虽然有学者对编辑学进行过论述,甚至是研究,但编辑工作真正作为一门学问,开展学科化的系统研究应是在20世纪80年代,伴随着我国出版事业的繁荣而起步。

1982年我国思想战线上的杰出领导人、著名的理论家胡乔木在一次会议中提出要在几所大学试办编辑专业的设想。之后在1984年7月25日在致教育部的信《关于编辑学和在大学试办编辑专业》中,胡乔木写道:

"编辑学在中国确无此种书籍(编辑之为学,非一般基础课学得好即能胜任,此点姑不置论)。有一些近似编辑回忆、编辑经验一类的书籍,如鲁迅、茅盾、叶圣陶、韬奋的部分著作和一些老报人的回忆里就有这样一些资料;近年出的《书叶集》(花城出版社)和《鲁迅回忆录正误》(湖南人民出版社),以及前些年出的《重庆新华日报回忆录》,商务印书馆回忆录(?)、三联书店纪念录(?)等,亦可资参考之用。类似的书可能还有。上海出的《辞书研究》是一种刊物,是专讲辞书

---

① 邵益文:《编辑学在新中国茁壮成长》第一辑,中国书籍出版社,2020,"自序"第1页。

编辑的,但内容很多可以举一反三。在历史上,我国著名典籍的编辑经验,也有不少记载,不过需要收集整理而已。(顺带说,我还建议编辑专业应设辞书学、目录学、校勘学〔中国就有这两类的书〕,编目、标题、注释、摘要、插图、索引等的研究和试验,印刷、出版、发行知识等科目。)据我猜测,国外的这类书籍一定是会不少的,例如:三联书店1963年出的《为书籍的一生》就是一本很有用的参考书;循此以求,则参考书究竟必非无法收集,是在有心人的努力罢了。

"我的知识太少,如找周振甫、吕叔湘、萧乾、杨宪益、叶君健、张志公(以上只是随意举例)诸先生,以及一些有定评的刊物、丛书、辞书、年鉴的编辑,一定会提出许多具体的指示,使艰难的第一步便于成行。这是就北京说,上海、天津当然也不会缺少这样博学而热心的学者。

"这封信写给教育部(因不知直接主管人员),似乎有点大而无当。但为促成这个专业(或编辑、新闻专业)的诞生,我宁愿不惮烦言。教育部高教司可否协助北大、南开、复旦三校具体筹备此专业人员在暑期开一小型讲座,请京、津、沪的几位老编辑略有准备地分头讲几个题目,帮助筹备者能写成一门或几门课的教学大纲?因各出版社老编辑年老任重,请他们到校兼课的希望可能不大,当然我不反对。"[①]

---

① 宋应离等编《中国当代出版史料》第六卷,大象出版社,1999,第267-268页。

随后北京大学、复旦大学、南开大学开始试办编辑出版专业。在胡乔木的支持下,从1986年开始,全国十几所高校相继开展编辑专业试办工作,河南大学也在新的学科形势下,率先开始试办编辑出版专业,开展编辑学研究,河南大学编辑学科由此成为国内起步最早的编辑学科之一。

其实早在胡乔木的倡议公布之前,《河南大学学报》编辑部就对编辑学研究进行了一些尝试,这也是河南大学的编辑学科建设较早起步的重要原因。

1988年底,学报编辑部编辑与第一、二届编辑学硕士研究生和第一届编辑学进修生合影

(第一排左起:张如法、吴永瑜、胡益详、司锡明、宋应离、王振铎、张德宗)

在20世纪80年代初,《河南大学学报》编辑部是一个由5位正、副教授和几个中青年编辑组成的有实力的编辑研究群体。从1983年开始,根据河南省委宣传部和省新闻出版局的要求,为适应出版专业发展的形势需要,省委宣传部委托《河南大学学报》编辑部在河南省举办了几期不同层次的报刊编辑人员培训班。当时河南省全省的学报编辑部、期刊编辑部的工作人员都来参加这个培训班,由河南大学的部分老师以及学报编辑部的编辑老师负责培训讲课。从参加编辑轮训班的学员中,走出过号称"河南四大女编辑家"的河南医学院的邓莹、农大的闫志平、中医学院的李僖如、新乡平原大学的陈泓等一批优秀编辑家;同时也启发了一批优秀的编辑型学者走上了编辑学研究的道路,其中有《编辑五体论》的作者靳青万。

河南省举办首次高校学报编辑业务讲习会的相关报道

《河南大学学报》编辑部举办的报刊编辑人员培训班受到了

高校学报和期刊编辑们的热烈欢迎，通过办几期培训班之后，又陆续在石家庄、海南、烟台、青岛办了几期报刊编辑人员轮训班。培训班坚持理论联系实际，每次都受到编辑工作者的欢迎，每次参加培训的人员多达一二百人，前后共计有八百多人参加轮训。反馈也相当热烈，不少参加培训的学员反映，虽然多年从事编辑工作，但对编辑工作的认识停留在盲目的、自发的状态，把编辑工作仅仅视为一种技术性、事务性的工作。通过培训他们认识到编辑工作是一种创造性的精神劳动，是一门很有学问的工作。学员在工作中遇到出版物的编校差错较多、部分出版物中的内容格调低下等问题，大家深感这些问题出现的重要原因与编辑人员的素质不高、缺乏系统的编辑专业教育有关。要繁荣出版，重要的一条就是提高编辑人员的政治素质、业务素质、专业技能，从而提高研究编辑出版理论的信心和自觉性。

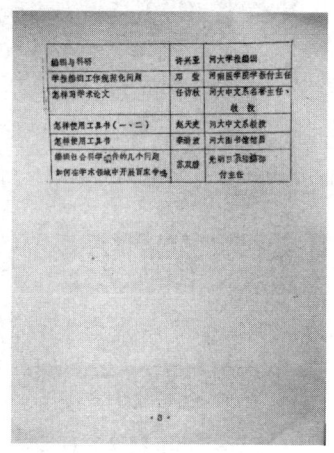

河南省高校学报、期刊编辑讲习班讲课内容简表

与此同时,《河南大学学报》编辑部还积极开展对外合作,与北京印刷学院合作举办在职研究生班,并与山东省出版局合作在青岛举办在职研究生培训班。

　　时至今日,不少研究生班的学员都已经成长为刊物主编,并与培训教师保持着密切的师生联系。

　　《河南大学学报》编辑部经过开办几次培训班或研究生班,提高了自身对编辑工作的认识,进一步坚定了研究编辑学的信心,努力推动编辑事业的发展。宋应离与编辑部的同志们商量,决定在《河南大学学报》开设《编辑学研究》专栏,《河南大学学报》1985年第1期正式设立《学报编辑工作论坛》(1988年第1期改名为《编辑学研究》专栏)。它的开设使"编辑学首次登上我国学术研究的殿堂",自此"中国乃至全世界大学的学报或其他学术刊物上,才有了编辑学研究成果的专业性发表园地"。[1]

　　《河南大学学报》的《学报编辑工作论坛》栏目一经开辟,就受到了广泛关注。我国著名编辑家、山东大学《文史哲》编辑部主任刘光裕致信宋应离,称赞学报编辑学研究专栏的开设是一个大胆的有远见卓识之举,不仅可以为编辑人员提高素质创造条件,还为编辑学研究提供了一个阵地。

　　《南京大学学报》主编蒋广学当面称赞宋应离:"学报开辟了这个论坛,开展编辑研究,这个旗帜举得好,举起编辑学研究的大旗,举得好。"专栏开辟之后,宋应离与学报编辑部同人一

---

[1] 姬建敏:《从一个栏目的成长看编辑学研究30年》,《河南大学学报(社会科学版)》2009年第2期。

道,以刊发学术性、理论性、应用性强,有突出个性特色的编辑理论文章作为稿件标准,在栏目上发表了许多影响较大的编辑学研究文章。其中包括《河南大学学报》编辑部著名编辑理论研究家王振铎教授的代表作《文化缔构编辑观》[1]、司锡明教授的《信息智化编辑观》[2]、阎现章教授的《试论中国当代出版理念与出版思想体系的建设和发展》[3]和《试论策划编辑及其功能》[4]等贴近编辑实际的文章,还有一些研究出版与图书质量问题、社会科学稿件的编辑问题[5]、学术期刊质量的内外因素问题的文章[6]。此外还刊登了一些专题研究个案研究的文章,如《评〈东吴学报〉的地方特性》[7]、《论强化编辑的读者意识》[8]。

这些文章有的是出自编辑工作一线编辑之手,有的是从事编辑工作多年的老编辑家们的经验,有的是研究生和专家的精心创作。为了活跃学术空气,推动学者研究,本着百家争鸣的精

---

[1] 王振铎:《文化缔构编辑观》,《河南大学学报(哲学社会科学版)》1988年第3期。

[2] 司锡明:《信息智化编辑观》,《河南大学学报(哲学社会科学版)》1988年第2期。

[3] 阎现章:《试论中国当代出版理念与出版思想体系的建设和发展》,《河南大学学报(社会科学版)》2001年第3期。

[4] 阎现章:《试论策划编辑及其功能》,《河南大学学报(社会科学版)》1997年第5期。

[5] 如苏双碧:《社会科学稿件编辑中的几个问题》,《河南大学学报(哲学社会科学版)》1985年第4期。

[6] 如姬建敏:《影响学术期刊质量的内外因探》,《河南大学学报(社会科学版)》1997年第4期。

[7] 许周鹣:《评〈东吴学报〉的地方特性》,《河南大学学报(社会科学版)》1989年第29卷第5期。《东吴学报》即现在的《苏州大学学报》。

[8] 张丽侠:《论强化编辑的读者意识》,《河南大学学报(社会科学版)》1999年第4期。

神,《河南大学学报》的《编辑学研究》专栏还发表了各种不同见解的文章,引导关于编辑学学理问题的深入探讨。比如王振铎教授的《文化缔构编辑观》,就曾在编辑界引起了编辑概念问题的讨论。

《河南大学学报》的《编辑学研究》专栏先后邀请了国家出版局局长边春光、《红旗》杂志的原副总编苏双碧、中国人民大学新闻史专家、博士生导师方汉奇、中国社科院知识产权中心主任博士生导师郑成思、原中国出版科学研究所副所长、中国编辑学会常务副会长邵益文、人民出版社编审林穗芳、青年学者李频等,撰写了一批高水平的稿件,进一步扩大了专栏的影响力。《编辑学研究》专栏也逐渐组织起一支高水平的作者队伍,支持了专栏的长足发展。

《河南大学学报》的《编辑学研究》专栏自1985年创办至今,已经走过近40年的历程。学报的主编以及专栏的组织者几易其人,但专栏一直坚持办下来了。由于专栏开辟的时间长、影响力大,被评为教育部名栏,在编辑学研究领域全国独此一家。

几十年坚持办刊,洵属不易,《河南大学学报》的《编辑学研究》专栏积攒了一批优秀的编辑学研究论述,在专栏创办20周年之际,宋应离曾撰写专论《漫漫之路二十年——〈河南大学学报〉"编辑学研究"专栏的回顾》,对《编辑学研究》专栏办刊历程进行了阶段性总结。如今,宋应离向现任栏目主编姬建敏教授建议,将专栏的文章集结成册,出一本论文集。等到专栏创办40周年的时候,再筛选一批论文,将专栏取得的珍贵成果推向学界。

在《河南大学学报》的《编辑学研究》专栏影响下,《中国人民大学学报》《陕西师范大学学报》等相继开辟过《编辑学研究》专栏,但持续时间都不长久,只有《河南大学学报》的《编辑学研究》专栏延续至今,为编辑学研究开辟了一块坚固的阵地。

《编辑学研究》专栏的开辟,带动了编辑部同志研究编辑学的热情。加之几年来,《河南大学学报》编辑部成功在省内外举办在职研究生、在职编辑人员培训班,使得大家明白一个道理:要想搞好出版工作,培养一支政治强、素质高、经过高层次专业教育的编辑人员队伍,是繁荣发展出版业的关键一环。

宋应离对河南大学作为我国编辑学研究基地的前期建设,做出了自己的独特贡献,"其贡献与价值甚至在其主编的《中国期刊发展史》《中国当代出版史料》《20世纪中国著名编辑出版家研究资料汇编》等科研成果之上,尽管它们都可以冠以'第一'等方面的评价。身为学人,却要从事默默无闻甚至费力不讨好的学科建设的组织管理工作,想必他也是一言难尽吧"①。

(二)招收编辑学专业研究生

在胡乔木倡导开设编辑出版专业的大背景下,河南大学经过认真研究、科学求证,决定招收编辑出版专业研究生。经上级主管部门同意,1986年春天,《河南大学学报》编辑部开始招收编辑学专业硕士研究生,河南大学由此成为全国首家培养编辑

---

① 李频:《编辑家茅盾评传·重印后记》,河南大学出版社,2006,重印本,第387页。

学硕士研究生的单位。在1985年12月10日的《光明日报》上，刊登了一则消息报道，消息写道："为了适应我国编辑出版事业发展的需要，加速对高一级编辑人才的培养，经上级批准，河南大学学报编辑部从明年起首次招收编辑学专业研究生（含文科和理科）。目前担任教学任务的教师正制定教学计划，着手编写教材，及早作好开学准备工作。"消息后署了一个"宋"字，这则消息正是宋应离撰写的。短短100多

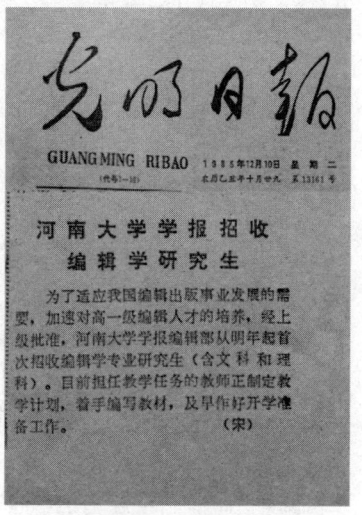

《光明日报》1985年12月10日刊登宋应离《河南大学学报招收编辑学研究生》

（版头和版面文章拼接成图）

字却一石激起千层浪，这则消息在全国编辑界引发了强烈反响，很多学子和青年编辑纷纷致信、致电《河南大学学报》编辑部，询问报考研究生的问题。

在消息刊出后短短三个月内，河南大学学报编辑部就收到全国20个省市的60多个单位和个人的100多封来信。北京中医学院一位青年编辑在给编辑部的信中说："你们将带编辑学研究生，这正是我们早已想过而未能实行的，你们编辑部带研究生是解决编辑后继乏人的根本措施，值得推广。"华中工学院（现在的华中科技大学）的一位青年编辑来信说："我们是刚刚

从大学毕业走上编辑岗位不久的青年编辑,编辑学是一门很有发展前途的学科,对此我们非常感兴趣,并希望在这方面有所造诣。得知贵部招编辑专业研究生,我们非常高兴。"武汉公安干部学院一位学员来信说:"我从中学到现在虽然也进行了一系列的编辑实践,但在理论上觉得还不够,渴望深造,得知贵部招收编辑学研究生的消息,我非常高兴,更加奠定了研究编辑学的决心。"《湖南农学院学报》编辑部的一位同志在来信中说:"贵部干了一件了不起的事情,准备招收编辑学研究生,让我这个刚走上编辑岗位的编辑工作者,向你们表示衷心的祝贺和感谢,你们的工作将极大地激发广大编辑工作者,特别是年轻编辑工作者的热情,使他们更好地安心本职工作,更加热爱本职工作,这是前无古人的事情,这确实是有远见的现实意义和深远的历史意义。"这几封具有代表性的来信共同表达了人们对河南大学招收编辑学专业研究生的愿望,广大学生来信表明招收编辑专业研究生顺应了时代需要。同时,编辑学科的创建,将编辑变为一门专门的学问,为出版事业的繁荣发展,培育专业化、高素质的人才队伍做出贡献,可以说编辑专业的建立、编辑学研究生的招生是中国教育史、编辑史上的一个创举。

第六章 开展编辑学研究,培养编辑出版人才

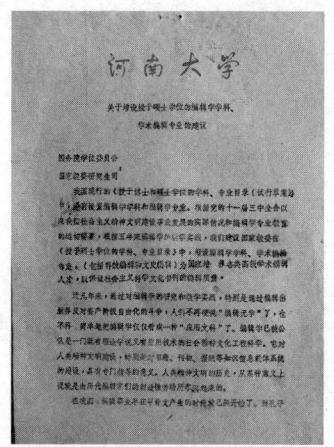
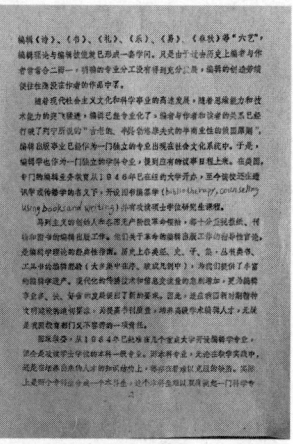
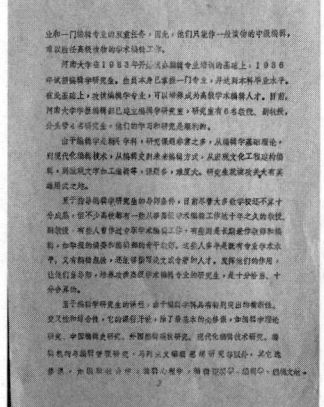
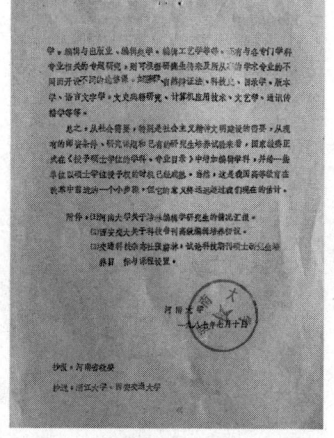

宋应离先生提供的河南大学编辑出版学学科建设相关史料

时任新闻出版署副署长的卢玉忆在《求是》杂志发表文章,称"短短几年,初步形成了职前教育与在职教育并重,多层次、多渠道培养编辑出版人才的崭新局面。编辑出版专业的建立引起了国内外的重视,它是中国出版史和中国教育史上一件创先例

的大事"①。

1986年,经过统一考试,《河南大学学报》编辑部从百余位报名者中录取了3名编辑学研究生,首届编辑学专业研究生班就此开班。首批编辑学研究生后来都取得了不俗的成就,如现任中国传媒大学传播研究院教授、博士生导师的李频;曾先后任《光明日报》报社记者、编辑,现任广东省委人大常委会副主任的王衍诗;等。

万事开头难,一个新生事物的出现,一开始往往不被人们理解。编辑学专业初设,由于种种原因不被人们重视。当时社会上普遍存在重著述、著作,对于编辑的工作、编辑的传播意义认识不到位,忽视编辑的传播功能,认为编辑工作没有学问的看法普遍存在,"编辑无学"的说法很流行。

人们对编辑学的学科性提出质疑,有人说:没有学过编辑学,编辑不是照样编出好书了吗?还有人质问:过去的名编辑,哪一个是科班出身的?对初生的编辑学科吹冷风,唱反调。就连教育部门的个别领导也对招收编辑学研究生持否定态度,河南大学编辑学专业研究生教育在重重质疑声中不停地走下去。

有一次,宋应离和王振铎去北京,向上级有关部门汇报招收编辑学研究生的情况,一位处长听到很惊讶,脱口而出说出这样一句话:"编辑工作在国外都是高中生干的,还需要招什么研究生啊?"此言一出,如同一盆冷水泼到了正打算努力办好编辑学专业研究生教育的宋应离头上。正当沮丧之际,国家新闻出版

---

① 卢玉忆:《重视编辑出版专业人才的培养》,《求是》1992年第17期。

署副署长、著名出版家刘杲,有一次当面鼓励宋应离:"别人怎么说不去管他,你们看准了,按你们的想法坚持下去就是了。"有了这句话,宋应离坚定了将编辑学研究生教育办下去的信念。

(三)中国第一部学报简史问世

开创编辑学研究生教育,不仅要面对外界的质疑,还面临许多教育实际问题。

首先面临的是学位授权问题。当时河南大学硕士研究生学位授权学科只有历史、地理、教育、中文几个学科,编辑学是新专业,没法授予硕士学位。宋应离与同事想出了一个"借鸡生蛋"的法子,将编辑学研究生分别挂靠到中文系、地理系和教育系,以联合培养的方式,最后授予有关硕士学位。保障学生最终可以拿到研究生学位,但实际上学的是编辑专业。首批的三位编辑学研究生最终就分别授予了中文硕士学位、教育专业硕士学位、地理专业硕士学位。回顾这段学科创业期,宋应离说:"那时候编辑专业没有学位授予权,没办法,只有靠这些系了。"这是在学科草创期没有办法的措施。

其次面临的问题是教材问题。学科初创,没有现成的教材。宋应离等为适应教学需要,自编教材。他带领编辑部老师们编写了一批编辑学教材,又邀请校外专家撰写了部分教材。在编写教材的过程中,他本着干什么、研究什么的精神,他根据自身多年从事学报编辑工作的经验,深感要办好学报,既要了解办好学报的功能特色,还要研究学报发展的历史,了解它的过去,认识它的今天,预测它的将来。于是萌生了编写一部《中国大学学报简史》的念头，它既是一部学术专著，又可以作为研究生学习报刊史的教材。

关于中国大学学报的历史，过去很少有人研究，几乎没有什么可以借鉴的研究成果。宋应离决定从收集一手资料开展学报史的研究工作，他一头扎进图书馆。当时河南大学图书馆藏有100多种大学学报，在计算机尚未普及的年代，宋应离用"笨方法"，一本一本地翻阅过去各大学校的学报，随时记录下有关资料，有时候要复印，有时候要抄写。数九寒天，冷气袭人，三伏酷暑，汗流浃背，从不停息。经过一年多的辛勤工作，他查阅了河南大学图书馆馆藏的所有中国大学学报，掌握了中国大学学报史大量的一手资料。此外有些著名的有代表性的学报，本校没有，需要到外地查找，他就利用到外地开会的机会去查阅。

1986年春天，宋应离去北京开会，住在市区。一天上午会议刚结束，便匆忙赶往清华大学图书馆，查阅早期的《清华大学学报》有关资料，但赶到学校时，正遇图书馆工作人员中午11点半的下班时间。为了节省时间，能及时赶上下午查阅资料，他决定中午不再返回市里，放弃午饭，坐等开馆。那天中午很不巧，适逢天空乌云密布，雷雨大作，无藏身之地，只有在图书馆走廊里徘徊等待。等到下午图书馆人员开馆时立即进入紧张的查阅工作之中，终于找到了《清华大学学报》的创刊号并复印了有关资料。直到下午5点多钟，宋应离才赶忙返回市区。

另一段难忘的经历是在武汉大学。旧报刊大部分藏在著名学校的图书馆内，武汉大学图书馆藏书丰富，旧刊很多。1980年冬天，宋应离专程去武汉大学图书馆查阅资料，该校图书馆新旧两馆坐落在珞珈山上下,两馆相距一里多地,从山上旧馆借出的旧报刊,需要到山下的新馆复印,然后将报刊抱到山上旧馆归还,怀抱20来斤重的刊物,半天往返几次,深感吃力。当时他刚做过直肠癌手术,身体很虚弱,图书馆里有个工作人员见他很吃力就说:"看你身体不好,怎么不找几个帮手帮你一下啊?"宋应离笑着说:"查材料,这种事别人不好代替,自己亲自动手才真实可靠。"此时他坚信只要靠自己坚强的毅力,一定能克服困难,完成预定的任务。当谈及武汉大学之行的收获时,他还颇有感触说道:"学术研究是一项不断积累、不断探索、不断发现的过程,应该在前人研究的基础上有所前进,有所创新,这是一个艰难的过程。一旦发现新东西,就好像出海的渔民在大海中找到宝贵的珠宝一样,分外惊喜。"

宋应离孜孜以求、严肃认真的学术精神,感染了许多人,特别是年青一代编辑学人。中国传媒大学李频教授曾发表文章《没有丈量那段路》,满含深情地写道:"武汉大学是前前后后去过多次的。为撰写毕业论文,为查找有关期刊史资料,我曾几次不远数百里专程造访武大图书馆。珞珈山上的旧馆和山谷中的新馆都曾让我流连忘返。去年,却多了一种向往:想量量从旧馆到新馆到底有多远,要走多久,有多少步,有多少级上下山的阶梯。因为我从一本刊物上读到一段文字,涉及宋应离先生为撰写《中国大学学报简史》曾去那里访求资料。1986年冬,在武汉大学图书馆查阅旧杂志时,老图书馆在珞珈山上,复印室则在珞珈山下的新馆,宋先生只好抱着20来斤重的资料到山下复印,而后又抱回山上送还。如此'负重二十斤,往返三五里',对于一个年迈半百的知识分子已是不易,更何况那时宋先生直肠癌手术后时间不长……"①

宋应离以崇高的学术人格影响着李频,在《编辑家茅盾评传·重印后记》中,李频写道:"对当今的研究生教育我有许多困惑:当导师的如何做导师？读研究生是否应该跟导师学做人？导师应怎样指导研究生做人？做什么样的人？做出版人？做文化人？做文化商人？不论做什么类型什么职业的人,其核心的世界观价值观、人生观是什么？道德底线是什么？关于硕士、博士生导师的身份,目前有职位还是工作岗位等方面不同认识与理解。要说宋老师对我的教导和影响,做人远在做学问之上。在我的人际交往和思维谱系中,宋老师是一个敦实淳朴的精神存在。"②

在全国各地搜寻资料的过程中,宋应离发掘了许多珍贵史料史证,直接推动和订正了学界的既成观点。例如,他在南京图书馆中寻觅到一册出版于1906年6月的《学桴》杂志,是苏州东吴大学创办的《东吴月报》的创刊号。经过充分的论证,宋应离在《中国大学学报简史》中提出1906年苏州东吴大学创办的学术性刊物《东吴月报》是国内最早的大学学报的观点,而在此前,关于中国最早的大学学报的问题,学界有人认为是1919年创办的《北京大学月刊》,有人认为是1917年创办的《复旦杂

---

① 李频:《没有丈量那段路》,https://zgcb.chinaxwcb.com/info/308533。1995-12-09。

② 李频:《编辑家茅盾评传·重印后记》,河南大学出版社,2006,重印本,第387页。

志》,宋应离从月报简章、办刊宗旨、栏目设置、取稿标准、编辑机构、人员组成等多方面论争了《东吴月刊》已经具备了中国早期大学学报的雏形的史事。宋应离的观点明确,史料翔实,考据严谨,得到了学界的认同,中国学报史的源头也因此得以厘清。

经过4年多的努力,宋应离查阅了五四运动前后我国300多家旧学报及新中国成立后的300多家学报,积累了大量有关的学报资料。在此基础上,经过梳理撰写出《中国大学学报简史》,于1988年由中州古籍出版社出版。

《中国大学学报简史》对中国大学学报的产生、发展及变迁历程进行了阶段概述,勾勒了大学学报发展的整体面貌,充分肯定了中国大学学报在近代历史发展过程中,特别是新中国成立以后对发展学术发挥的重大作用。同时客观地、历史地总结了前进中的历史经验与教训,该书出版后得到学术界的普遍好评。

《光明日报》等做了报道,王衍诗在《博览群书》上撰文,认为:《中国大学学报简史》洋洋31万字,史论结合,作者从文化背景上,在历史的纵横处,多视角地透视了所有大学学报的发展历程,简略地勾勒了中国大学学报的轮廓,填补了报刊史研究的空白。另外《河南师范大学学报》的孙景峰、新疆大学的徐霞,在1990年第4期《文史哲》杂志上发表《〈中国大学学报简史〉评介》,评价道:"《简史》第一次建构了我国大学学报史的结构体系,作者结合中国历史的发展阶段,根据我国大学学报发展的实际情况,将中国大学学报的历史分为9个阶段。"并认为:"《中国大学学报简史》科学地总结了我国大学学报的发展历史,恰当地评价了学报的历史地位,系统地探讨了各个时期学报工作的经验教训，不仅资料丰富，而且立意和结构都较为新颖和科学，具有较高的学术价值。"①

随着对学报历史探讨的深入，对中国最早的大学学报的产生于何时，经过了20多年的逐步研究，达成了共识。2006年5月，全国人文社会科学学报研究会在苏州大学召开了"中国高校社科学报诞生100周年暨《苏州大学学报》百年庆典"，300多位学报编辑工作者出席这次峰会。与会者表示发扬学报百年光荣传统，再创新世纪辉煌，肯定了苏州东吴大学《东吴月报》是中国最早的大学学报。

如今《中国大学学报简史》的学术史价值已经得到了学界的公认，被视为中国大学学报研究的开山之作。回首这部著作的诞生历程，宋应离不无感慨地说："学术研究，撰写学术著作，过程十分艰苦难忘，其间的困难与艰辛，是局外人难以体察的。在撰写过程中不顾春夏寒暑，坐下写作，一坐就是半天，真是茶饭不思，全神投入，这时才真正体验到了明代编辑家毛晋所说的'夏不知暑，冬不知寒，昼不知出户，夜不知掩扉，迄今头颅如雪，目睛如雾，尚矻矻不休'。当然在学术研究中有所发现有所收获，这个时候的心情也是很愉快的，其乐融融，快乐无穷。古罗马一个学者卢克莱修说的'世界上所有的愉快，但是没有能比攀登于真理的高峰之上，然后俯视来路上的层层迷障、烟雾和曲折更愉快了'。"②

---

① 孙景峰、徐霞：《〈中国大学学报简史〉评介》，《文史哲》1990年第4期。
② 2021年11月6日作者访谈宋应离先生内容。

2021 年 10 月,宋应离先生和作者在河南大学编辑出版研究中心访谈照

2021 年 11 月,宋应离先生在河南大学编辑出版研究中心访谈照

（四）编写《中国期刊发展史》

1986年《河南大学学报》编辑部招收了第一批硕士研究生，根据教学计划的安排，开设"中国期刊发展史"课程。当时国内并没有中国期刊发展史的教材，已经出版的类似著作大多是史料性质而非创新性的著作，如《辛亥革命时期的期刊介绍》《五四运动时期的期刊介绍》。而从历史发展的角度，研究二百多年来中国期刊发展的历程，探讨中国期刊发展的规律，专门总结经验、教训的中国期刊史研究著作还很少。

为了进一步适应教学需要，宋应离担任"中国期刊发展史"课程的讲授工作。宋应离和学报编辑部编辑李明山、延安大学进修生朱联营，三人商定共同撰写了《中国期刊发展史》。

中国期刊发展的历史可以追溯到1815年，英国传教士马礼逊和米怜在马来西亚马六甲港口创办了第一份中国期刊《察世俗每月统记传》，距今已有207年的历史。三人确定，决

《中国期刊发展史》书影

定将这200余年的期刊发展史按历史发展的顺序，分为十章展开。

第一章为"中国期刊的初创期"，主要介绍西方传教士在华

办刊历程，他们借在中国传教的机会创办期刊，宣传基督教义与西方政治主张，催生出中国最早一批期刊；第二章为"中国近代期刊的开端"，即戊戌变法时期，以康、梁两位为代表的资产阶级改良派的期刊活动；第三章为"辛亥革命时期的期刊"，即孙中山辛亥革命时期的期刊；第四章为"五四运动运动前后的期刊"，即以《新青年》为代表的五四期刊活动和以《湘江评论》为代表的共产党的期刊活动；第五章为"20世纪30年代期刊的热潮与短命"；第六章为"抗战爆发时期到解放前夕的期刊"，即抗战爆发到新中国成立前这一历史时段中国期刊发展的历程；第七章为"新中国成立初期的期刊"；第八章为"期刊在曲折中前进"，即1957年以后，由于受到国家政治运动的影响，期刊的发展受到挫折；第九章为"'文化大革命'时期的期刊"，全国原来的期刊数量有几百种上千种，"文革"后期刊数量只有二十几种；第十章为"历史的转折与新时期期刊的繁荣发展"，即改革开放以后的新时期我国期刊的发展面貌。

　　《中国期刊发展史》一书涉及期刊五六百种。每章的内容分为该期刊创刊的时代背景、期刊的创办概况、典型期刊的剖析、期刊的作用、创刊经验、对当前的启示，是一部系统介绍中国期刊发展历程的学术著作。

　　《中国期刊发展史》从1986年开始筹备，经历了五六年的资料收集与初稿撰写，于2000年11月正式出版。该书共计30余万字，一经出版就受到学界和业界专家的好评。新闻出版署原党组成员、原期刊司司长张伯海亲为之作序，在序言中，张伯海评价道："《中国期刊发展史》作者们却执着地把握一个基本观点,即从期刊为社会进步服务的角度审视二百年来的期刊发展,把这一朴实的历史唯物主义史观贯串全书之始终。""在一本史著中,善于运用点、线结合的编写方法,以做到对纷纭繁杂的历史现象提纲挈领、铺陈得体,这是史家的功夫所在。《中国期刊发展史》一书的历史线索梳理得一目了然,既体现出社会运动的轨迹,也体现了期刊文化衍变的轨迹,二者能有机交织在一起,构成二百年来期刊变迁的清晰历史框架。"①这段话主要意思就是说这部书用历史的眼光、唯物主义的观点把二百年来的期刊进行了梳理。他认为这本书是中国期刊发展史研究较好的、较成功的、完善的一部著作。

商务印书馆编辑刘兰在《河南大学学报(社会科学版)》2001年第4期发表《史海钩沉 又现一花——读〈中国期刊发展史〉》一文,文中评价道:"《中国期刊发展史》是我国专业研究者撰写的第一部比较全面、系统、深入的关于中国期刊发展史的专著……填补了一项学术空白……基本上涵盖了自中文期刊诞生以来的各个阶段……在理论上给予当代期刊界以指导,具有很大的借鉴意义……本书以马克思主义唯物史观为指导,坚持以期刊为社会进步服务的角度审视200年来的期刊发展,在充分掌握、占有并研究我国期刊资料的基础上,全面铺陈我国期刊在各个不同历史阶段的情况及演变,不仅总结当时期刊在社会进步中起到的作用,还总结了著名办刊人的编辑思想及特色,全

---

① 张伯海:《中国期刊发展史·序》,载宋应离主编《中国期刊发展史》,河南大学出版社,2000,"序"第2-3页。

书结构完整,层次分明,涵盖面较广,内容丰富,有较高的参考价值。"

除了编写编辑学教材与专著,宋应离将更多的精力投入到编辑学教学与人才培养中。自从招收编辑学研究生以来,一些根本性的教学难题就横亘在宋应离眼前:如何开展编辑学教学?编辑学是一门理论性与实践性都非常强的专业,它不同于历史、中文等专业,编辑学教学不仅要求老师需要具备充足的理论准备,还对老师的从业经验,教授课程的实践性、应用性、操作性提出了新的要求,所以探索如何开展编辑学人才培养与课程教学工作,成为这一时期宋应离需要着力解决的教学问题。

第七章 探索教学新路子

自1959年留校以来,宋应离一直在教学一线工作,即便是在党委办公室做行政工作期间,也没有间断教学工作。校领导问他:"行政工作这么忙,你还怎么搞教学?"他回答说:"行政工作那是单位临时任命的,叫我干我就干,说不叫我干我就不干了,而教学工作是我的老本业,我要守住教学这个本行,我要当教师,忠实于教育事业。"1978年,宋应离因工作变动,从教学工作转入编辑工作,担任《河南大学学报》编辑部主任。身份的转变产生了新的问题,既是教师又是编辑,怎样处理好编辑、教学和研究的关系,又如何将编辑、教学、研究三者有机结合起来呢?他在实践中,摸索出一条编辑、教学相结合,为研究打基础的编教研相结合的路子。

在宋应离眼中,研究是为了提升编辑、教学的水平,三者结合互动,相互促进。鉴于编辑专业是一门新兴学科,既缺乏系统的实用教材,又没有成熟的教学经验可以借鉴,怎样在教学实践中探索新路子,宋应离根据三十多年的教学实践,摸索出一套行之有效的教学方法。

(一)师生互动,相互启发

教师要转变角色定位,树立以学生为主体的课堂教学观点,尊重学生在学习中的主体地位,尊重学生的个性特点,培养其独立自主的能力。教学活动是教师与学生相互启发,交流思想以获取文化知识为目标的双向互动过程。在教学活动中要解决教师教什么、怎么教,学生学什么、怎么学的问题。传统的教学方法是以传授书本知识为主,以教师讲授为中心,习惯于自己写一部分讲稿到课堂上滔滔不绝、津津有味地给学生念,向学生灌输。这个办法学生学起来非常被动,教师自以为重要的东西在课堂上滔滔不绝地向学生讲述,尽管自己讲得头头是道,学生仍然不喜欢。这种注入式的满堂灌的教育方法,最大的弊病就是忽视学生学习的积极性、主动性,教师独占课堂,忽视了学生才是学习的主体。

宋应离不仅尊重学生的主体性,还尤为注重捕捉学生的个性和特长,他说:"每个学生都有他的优点和特长,教师必须抓住学生闪光点进行引导。"在具体的教学实践中,宋应离以新型的师生关系为纽带,平等交流,相互启发,教学生学以致用,教师成为教学活动的引导者。他主张教师在课堂上要重视引导,发挥主动作用,向学生提供思考的线索,或有益的参照,少做现成的结论,让学生去思考,让学生去做结论。

谈及教学实例,宋应离讲授了邹韬奋期刊编辑思想的案例。他说:"比如我在讲邹韬奋的期刊编辑思想的时候,提出在新时期如何发扬邹韬奋的办刊精神,引导学生在广泛阅读有关资料的基础上开展讨论。大家看到邹韬奋的办刊的材料,在讨论发言中不少同学结合自己掌握的资料,联系当前出版工作的实际,畅谈了'韬奋精神'在新时期出版工作的现实意义。然后我根据学生的发言，最后做了一个总结性的讲话，针对讨论中的问题加以深化、提升。在讨论之后，有的学生写出了学习心得或一些文章。学生反映这样学习所得知识印象深刻，理论联系实际，对自己有启发。"[1]这种师生双向互动、课堂开放包容的教学方法，受到了学生普遍欢迎，这是一种在当时先进的开放式课堂教学法。

宋应离先生访谈照

宋应离授课注重将编辑理论与编辑实际结合，比如讲到编辑素质的时候，他从自身业务经验出发，将编辑素质概括为"政治意识强、业务能力精、责任心大"这三个方面。宋应离以诚朴之心对待学生，在教学中常常以自己在编辑工作中曾犯的错误为例，教导学生规避编辑工作中的具体失误。宋应离特别强调编辑责任心的重要性，他以自己的一次工作失误为例，说明编辑责任心与出版物质量的关系，"我编一本书，没有认真校对，编出

---

[1] 2021年11月6日作者访谈宋应离先生内容。

来以后不合格,差错率在万分之四,一万字有四个错字。按编校规范差错率应在万分之一以内,比如说这本书30万字,允许有20多个编校错误,要万分之四那就是100多个错误了,那就是严重不合格了。所以出版局每年组织专家对一个出版社的书进行评审,先进行校对。如果校对不合格,都排除到评奖之外,不能进入评奖范围。按照处罚的规定,丛书不合格,要受惩罚。当时我被罚了300块钱,我这个社长带头,没有把好质量关,应该负责。我讲这个例子说明编辑的责任心很重要,编辑们的众多素质当中责任心这一项是最重要的,要尽职尽责、呕心沥血。尽职尽责才能够保证出版物不出问题,出版物问题很多,一个是政治错误,一个是技术错误,错别字就是技术性的错误。这时候你的自身素质很重要,文化知识得丰富,不丰富不行。"[1]他这样讲,结合自己的教训,无疑拉近了与学生思想上的距离。

宋应离还注重启发式教学,触类旁通地引导学生领悟专业问题。他指出,在教学活动中,要注意引导学生观察自己身边的事物,从一些平常的事物中悟出一些与自己专业有关的问题。如在讲到"图书选题策划"时,宋应离联系出版实际,并带领学生参观书市,逛书店,对出版物进行调查,列举出版物中的平庸化、同质化现象,以及分析产生这些现象的原因。组织学生写出一些出版物平庸化、同质化的调查报告,强化对于出版物创新的认识。

强调在教学活动中以学生为主体,却并不意味着教师对于学生放任不管,而是要根据学生不同的情况提出不同的要求,启发

---

[1] 2021年11月6日作者访谈宋应离先生内容。

学生学习的积极性。宋应离认为,在教学中有两种错误倾向必须防止。一种错误倾向为"抱着走"。就是不相信学生学习能力和创新性,像对小孩子一样抱着走。总感到学生幼稚,不成熟,习惯于布置任务,循规蹈矩,这个是不行的。鲁迅曾说:"幼稚是会成长,会成熟的。只要不衰老,腐败,就好。"这启示教师要相信青年人,尊重青年人的自主性,启发学生自我学习的主动性。

另一种错误倾向为"拉着走"。这是种急功近利思想,当学生还没有学好专业,没有入门,没有打好学习基础,尚无知识积累的时候,就急功近利地让学生勉强地干那些不能胜任的事情,这就叫揠苗助长,效果适得其反。宋应离感触道:"当学生在学习中遇到什么困难,教师要指点迷津,突破一点,扶他一把,这叫扶着走。扶着走,这是必要的,在他入门之前是必要的,一旦到他入门时就放开手,让他大胆地往前走。教师要充分相信学生,尊重学生的创造力,善于发现学生身上的闪光点,点亮他内在的潜质,把它点亮出来,发挥出来,释放出来。教师要当一个引路人,这是第一点,转变角色。第二点,强化写作技能,以课题代替学习,勤给、擅给学生出题目,出了题目给学生以后指导他们看书、写作。"

宋应离引导式的教学方法,同样适合编辑学研究生的教学。编辑学研究生生源广泛,有些学生是科班出身,有些来自出版机构,还有相当多的学生是跨专业考进来的。这些学生学习程度参差不齐,尤其是那些跨专业考进来的学生,一开始进入专业学习,对专业知识感到很陌生,尽管给他们开了一些专业阅读书目,但他们仍然不知如何有效阅读。

宋应离举出教学中遇到的一个实例，他曾遇到一个从天津某理工大学毕业考入河南大学编辑出版学专业的研究生，刚进入编辑专业感到很陌生，一切都是新鲜的，经过师生共同努力，很快入门，经过三年的学习，毕业论文写得很漂亮。

宋应离还注意到信息时代学生的变化。他指出，信息时代学生应用信息手段进行学习是他们的一大优势，他们获取信息的能力强，获取的知识多样化，一方面便利了学生自主展开学习，另一方面也带来了一个问题。学生面对大量收集到的信息时无从入手，缺乏整理与提要的能力，不能从海量的资料中提炼出有效选题。有些学生分析知识讲起来头头是道，真正动笔写文章却一筹莫展。宋应离指出了现代有些大学生"敏于感悟，疏于写作"，即内化的知识不足与缺乏写作上的训练。宋应离说："写作主要是一种实践性很强的工作，必须靠勤写，要大范围地阅读，不停顿地写作。"

鉴于上述情况，宋应离在教学过程中，一方面注重帮助学生理清学习过程中遇到的基本概念、基本原理，一方面重视训练学生的写作能力。写作能力的提升不仅是学生自身能力的需要，也是未来从事编辑工作的需要，在宋应离眼中，优秀的编辑应当是一名专家型学者、学者型编辑。

（二）重视实践，走向社会

基于长期一线编辑工作的经验，宋应离非常重视培养学生的编辑业务能力，在日常教学中，有意识地训练学生的写作能力。他说："从编辑的职责来说，在审稿、整理、编辑处理文稿中，会存在语言方面的诸多问题,如文字加工、增删修改、撰写书评、写审读报告、写内容简介。各个环节都要运用写作能力,所以说没有较高的文字修养或写作功底,是不会体会作者写作的甘苦,也难以对书稿做出科学的判断。"因此,他倡导学生广读书、勤思考、多写作。在讲授"中国期刊发展史"课程时,他要求每个学生结合课堂学习,提出自己的选题,并根据选题收集材料。让每一个学生都能明确自己的研究对象,确定自己的研究目标,充分调动其主观能动性。如此训练,学生有了学习的目标,围绕一个课题去读书写作,既加深了对知识的理解,又提高了自己的写作能力,他也取得了较好的教学效果。据对1996—1998年15位研究生进行的调查统计显示,在两年多的时间内,河南大学编辑学研究生在报刊发表文章多达85篇。

　　重视培养学生的编辑业务能力,还体现在课堂教学与出版实践相结合方面。编辑学专业是一门综合性、应用性、实践性很强的专业。在教学活动中,讲授基本功能、基本知识固然重要,但不能关门教学,必须把课堂教学活动和专业实践紧密结合。编辑学专业教育是从事编辑出版工作的准备阶段,是一个未来编辑出版工作者必须经过的过程,但编辑学专业教育存在理论无法联系实际的困境。一些编辑学专业的研究生走上工作岗位之后,不能适应出版工作的实务要求,缺乏编辑出版实践能力。所以,宋应离在教学过程中,主张在专业学习阶段就应该在编辑实践中经受磨炼,增长经验,便于走上工作岗位之后,很快入门和上手。

　　他在课堂教学中强调理论与实践相结合,比如说在讲"书刊编辑"专业课时，要求学生动笔写书评，写刊评，并带领学生走进出版单位实地调查研究。宋应离在担任出版社社长期间，为了培养学生实际操作能力，他安排学生到出版社协助编辑做校对工作，通过出版实操增强了学生的专业技能。在教学活动中为引导学生扩大视野，关心出版战线上的新情况，针对报刊出版工作中存在的虚假新闻、有偿新闻、不良广告、低俗之风等现象及问题，组织学生开展讨论，剖析这些问题产生的原因及社会危害，对这些问题撰写评论，提高鉴别能力。

此外，他还注意为学生营造一个良好的学术及学习氛围。河南大学是一所百年老校，图书馆藏书丰富，是全国高校50家重点图书馆之一，馆藏图书300余万册，订阅期刊800余种，为学生提供了丰富的学习资源。

宋应离视大学图书馆为知识的乐园、无声的老师，他曾写过一篇文章《我与大学图书馆》，将自己在图书馆求知、做研究的经历分享给大家。每次新生入学的时候，宋应离都会带领学生到图书馆参观，他邀请图书馆的负责人、专业人员，给他们一层楼一层楼地介绍图书馆馆藏情况，不仅能帮助学生了解学习必备的图书资料情况，也能点燃他们求知求学的热情。河南大学不仅拥有出版社，还有许多权威期刊，如《河南大学学报》《史学月刊》《心理学研究》《汉语言文学》《化学期刊》《数学季刊》等，校编辑人员多达一二百人，这些都为编辑学专业的学生提供了可供学习的优越条件，通过走访编辑人员、参观学习编校流程、参与具体出版实践等活动，宋应离带出了一届又一届优秀的编辑学专业学子。他经常鼓励学生要主动找编辑交流，他对学生说:"要主动与编辑交谈,你们不要不好意思,好多不懂的问题在学校没关系,你到社会上去到工作岗位上,你可不敢乱出错,丢人丢在河大,不要丢到社会上。"

(三) 毕业论文,严格把关

在对待研究生毕业论文问题上,宋应离抱着严肃负责的把关人态度。他非常重视学生的毕业论文,认为指导学生毕业论文的写作是研究生教学最后一个关键环节。学生的毕业论文是学生对自己三年来学习的一个总结,是检验学生三年学习能力的一个标志,也是学生的一个阶段性成果的代表作。在指导学生写作论文中,他认为要抓好三点:一是要确定一个好的选题,二是要充分地积累、掌握材料,三是要对论文反复修改打磨。

出版界有一种说法,一本书选题好等于成功了一半。一篇论文能不能写好,选题同样至关重要。宋应离用生动的比喻形容选题:"文章选题产生于作者积累的大量资料,经过思考,产生一种灵感的醒悟。到一定时候资料在脑中'发酵了',成为写作的一个爆发点,这是思想成熟、思维成熟的表现。切不可思考不成熟,兴致所来随便定一个题目,那样是不可能写出好文章的。"[①]他说:"现在许多学生因选题而发愁,又因选错题而成文不佳,大都因为平时积累资料太少,缺乏对问题的系统思考。文章和选题定下来之后,最主要的是充分占有材料,在资料收集当中要做到耳听八方,兼收并蓄,多多益善,用材料的时候要精益

---

① 2021 年 11 月 6 日作者访谈宋应离先生内容。

求精,严加选择,以一当十。论文的写作,这个过程是一个提出问题、论证问题、解决问题的过程。"①

在指导学生毕业论文的过程中,宋应离遇到过种种问题,也积攒了许多经验。常见的问题之一是许多学生在没有充分占有资料的情况下,急于求成,贸然动笔。这样的论文往往写到一定时候就写不下去,无法推进正常的论文写作进度,只能回头重新再收集材料。占有资料是研究工作的起点,也是研究工作的基础。正如新闻写作中要注重"七分采访,三分写作"的准则一样,毕业论文写作也需要大量的前期投入工作。

他曾指导一位研究生,论文题目选定为《丁玲编辑思想研究》,这位学生因资料掌握不足,写了5000字便写不下去了。宋应离建议这位学生重新收集资料。该生遂前往北京,收集到大量的资料,终于完成了毕业论文的撰写工作。毕业论文写作正是一个由掌握资料到思考成熟的过程,他常常告诫学生,资料收集不齐全、考虑不成熟、思路不清楚前不要轻易动笔。他主张要从资料占有、一手资料搜集、实地考察、社会调查等多种资料收集途径上下苦功夫。

在充足的资料占有后,如何运用资料,从大量的资料中提炼出思想观点,也是毕业论文写作中的一大问题。宋应离经常遇到研究生论文"资料堆砌一大片,思想观点看不见"的现象。对此他指出,论文只叙不论是一大通病,作者写文章要提出一个问题,通过对大量的资料事实进行梳理、归纳、升华,从中总结出一

---

① 2021年11月6日作者访谈宋应离先生内容。

些带规律性的东西，对人们才有启发。论文的创新性也正体现在作者的观点之中，这背后是作者经过大量、长期的资料积累与磨炼的结果，只有如此作者才能精通其道，精通写文章的道理。

宋应离在指导学生论文写作时，经常鼓励学生走出去，进行广泛的社会调查，获取原生态的、原汁原味的第一手资料，他反对闭门造车式的空想，体现出实事求是、务实求真的教育品质。曾有个研究生以《邹韬奋报刊思想研究》为题，论文初稿写出来以后，宋应离感觉内容有些空虚，缺乏真实感。他建议学生去上海韬奋纪念馆进行实地考察，这个研究生后来到上海经过实地调查，论文得以出色完成。还有一个研究生论文题目选定为《"三农"图书出版探析》，关注农村、农业、农民图书出版的状况，选题很好，宋应离鼓励他到农业出版社、农民出版社进行调查。该生先后去北京的中国农业出版社、郑州的中原农民出版社进行调查，走访作者、编辑，了解到这些专业出版社关于"三农"图书出版的选题、出版发行情况、"三农"图书出版存在的问题及采取的措施。由于获取了大量第一手材料，这篇论文在完成时不仅选题好、针对性强、资料丰富，而且针对农村、农业、农民图书出版情况的分析很透彻。宋应离还以自身出版经验为例，说明走出去、深入调查的重要性。他说："干编辑这一行，眼光要高，腿要跑得远，手要伸得长一些，有好稿子就伸手拿过来。"①

在对待毕业论文修改问题上，宋应离认为好的文章在一定

---

① 2021年11月6日作者访谈宋应离先生内容。

程度上是修改出来的。他先是将研究生的毕业论文看几遍,提出初步修改意见,再召集研究方向相关的研究生,相互审阅,指出论文缺陷。这样下来,一篇毕业论文经过了不同研究视角的比对,一字一句地抠细节、找问题,师生间既能相互提出不同修改意见,又能加深对选题领域的认识。这样严格评审出来的论文,质量明显提高。

2012 年 6 月,作者与宋应离先生合影

宋应离针对学生间普遍存在的厌改情绪、懒惰情绪等,指出老师要负责任地督促学生修改,学生也要不畏难、不抵触。他说:"论文要反复地改,改一遍就加深一次认识,改一次就提高文字的水平。修改很重要,修改是思想成熟的过程,它可以使文章表达内容精确、精练,做到锦上添花。要真正做到多思多改,做到'语不惊人誓不休,篇不出新不出手'。我对学生要求比较严格,论文一般是修改三遍,退回去三遍,不退三遍不放手。切忌学生文章交来,一看,大笔一挥通过,这种教师,是最不负责任的,学生当时看了是满意、高兴。实际上这种教师没有认真给学生的文章提出修改意见。老师要求越严格越要改,这是好意,要虚心接受。"①

宋应离还总结了论文写作的几点要义:题目选得好,资料动手找,框架要明晰,修改不可少,占据制高点,选择空白点。他解释道:"占据制高点,就是站位要高,制高点要站高,选择空白点,选别人没有选过的题。"②他的一个学生,曾写过一篇《盲文出版物——中国出版业的盲区》的论文,专门到北京调查盲文出版社的出版情况。宋应离赞许这个选题很少人研究,是一个学术空白点,值得研究。宋应离等在中华人民共和国成立60周年之际,主持编纂了一部《亲历新中国出版六十年》,汇集了49位新中国优秀出版工作者的回忆文字,全景式地展示新中国60年出版成就和经验,填补了这一领域的学术空白,以实际行动为学生做出示范。

宋应离注重在教学中引导学生健康成长,助推学术新人成长。他善于发现学生的闪光点和优点。当学生遇到选题困难,不知道如何进行写作时,他总是引导学生查阅相关资料,并在重要处启发学生进一步思考。曾经有位学生对臧克家的诗歌很感兴趣,很想研究臧克家的诗歌。宋应离并没有反对,而是启发学

---

① 2021年11月6日作者访谈宋应离先生内容。
② 2021年11月6日作者访谈宋应离先生内容。

生从臧克家编辑诗刊的角度,研究臧克家的编辑思想。该生听后恍然大悟,后来写出了《臧克家与〈诗刊〉》①,发表在《出版史料》上。

宋应离不仅关心爱护本校学生,对校外青年学者也关心指点。2003年,他去北京出差,一次偶然的机会,遇见原湖南娄底师范专科学校学报编辑部的石潇纯,石潇纯正在北京师范大学做访问学者,两人见面以后进行了亲切交谈。

谈话中石潇纯萌生了研究丁玲的编辑生涯的想法。石潇纯说,她在湖南师范大学中文系读书时,正是丁玲深陷谣言包围的时候,谁也不敢对丁玲进行研究。宋应离听后,对她说:"丁玲是湖南人,是你们老乡,你是娄底的,丁玲也是湖南的,你是不是应该研究丁玲的编辑活动?丁玲是在中国编辑出版上有重大贡献的编辑家,应该对她进行研究。"石潇纯恍然大悟,表示赞同。

后来石潇纯撰写的《缘定今生辙:丁玲与她的编辑生涯》由湖南人民出版社出版,她在这本书的后记中写了这样一段话:"我在大学学中文的年代,正是丁玲陷身谣言包围的时候,轻率的我们为当时文坛林立的流派、飞舞的旗帜搞得眼花缭乱,谁也没有耐心去故纸堆中抹去历史的尘埃,还原一个真实人的一生。这样,我便在那个激情似火的年华错失了与丁玲的精神交流。直到有一天,一位和蔼睿智的长者——河南大学出版社原社长、著名编辑家宋应离先生走进我在北京求学的陋室,他跟我说:你应该去做做丁玲,这是一位不简单的女性,目前关于她的编辑活

---

① 贾金利:《臧克家与〈诗刊〉》,《出版史料》2004年第3期。

动的研究很少,而在我看来,她是20世纪卓有成绩的文学编辑家之一。真是一语惊醒梦中人,我当时在北京师范大学做访问学者,原来的选题不想做了,这会儿正苦于找不到新的选题。宋老师的一席话仿佛拨云见日。于是我便一头扎进北京各大图书馆,把有关丁玲的资料全找了来,摞了一大书桌,接着开始了书虫的生活。在那些忘了儿子、忘了父母、日夜颠倒、吃饭有一顿没一顿的艰苦的读书日子里,我被历史窒息着,被丁玲感动着。"① 读到这句话后,宋应离颇有感触:"我现在体会到人的一生都在发展,关键时刻或困难之时,有前辈或闲人指点一二,也许就能影响其一生前途,作为一个前辈应担当这一职责。"②

石潇纯敬献给宋应离先生的书

---

① 石潇纯:《缘定今生辙:丁玲与她的编辑生涯》,湖南人民出版社,2005,第269-270页。

② 2021年11月6日作者访谈宋应离先生内容。

在几十年的教学生涯中，宋应离始终以"学为人师，行为世范"为准则，他常以华中师范大学的老校长章开沅的话自勉："心中装满学生、想着学生，学生始终在自己脑中占据重要位置。"不仅为学生传道、授业、解惑，同时也用自己的言行给学生做治学表率。他以校为家，爱生如子。在教学中严格要求自己，几十年教学中从没有迟到过一次。宋应离的外孙女在上海经贸大学教书，宋应离问道："教学你迟到过吗？"外孙女回答说："我迟到过一回。"宋应离说："这是不应该的，以后可不要这样了。学生迟到当然也不对，老师就更不能迟到。"

宋应离认真负责的教学态度、严谨踏实的治学品格感染了许多学生，成为一代代河南大学编辑出版学子的学术引路人。时至今日，他每次遇到学生，总会问："最近读了什么书？写了什么东西没有？"正是在他的帮助和影响下，河南大学编辑出版学专业学子，甚至很多校外的青年研究者、青年编辑里，走出了一批又一批优秀的编辑工作者、学术研究者。

河南大学编辑学首届研究生、中国传媒大学教授李频2013年4月4日，在宋应离先生八十寿辰暨《宋应离出版文丛》座谈会上坦言："河南大学出版社1992年出版了我的第一本书《龙世辉的编辑生涯》，宋老师又带我到新闻出版署九楼会议室召开座谈会，北京的出版圈子才知道河南有个研究编辑学的青年人。河南大学出版社1995年5月出版了我的第二本书《编辑家茅盾评传》，国家新闻出版署的一位领导在1996年3月下决心把我从《河南日报》调到北京印刷学院创办出版系。书刊编辑培养作者，我感同身受，体会良多。"

"宋先生爱提携晚辈,很多人在他的荫护下已在不同领域取得成绩,当然还有很多学生刚开始或者正在接受宋先生的教诲,还没有释放出能量。但可以预见,在未来的编辑出版学舞台上,这些学生将产生更大的学术能量。"①

---

① 郭晶、张志强:《一位编辑学家的研究历程——〈宋应离出版文丛〉评析》,《中国编辑》2014年第4期。

第八章　走向新岗位

（一）担任《编辑家茅盾评传》的责任编辑

1989年，宋应离在期刊编辑的位子上深耕了13个年头之后，转到出版社负责图书编辑工作。名义上虽然都是编辑，但阔别学报工作，来到河南大学出版社担任社长，还是让宋应离感到诚惶诚恐。

须知，作为一名学报中文编辑，负责的是一篇篇中文稿子的编校工作，然而，一名图书编辑则需要对一本本图书进行编校。当把工作量转化为数字作比较的时候，学报一年是出版6本，一本是30万字，加起来总共不超过200余万字，出版社则有几十位编辑，一年需要出版上百种图书，需要的是几千万字的工作量，平均下来，一名图书编辑每年就是几百万字的工作量。

另外出版社的机构设置跟学报编辑部的机构设置也很不一样，学报编辑部门就是十几个人一个编辑部，编辑们都是各自编辑自己需要出版的文章。出版社机构庞大，有很多科室如文史编辑室、政治理论编辑室、自然科学编辑室、外语编辑室、教材教辅编辑室、财务室以及总编室、出版科、发行科等。

突然的调任在给宋应离带来责任和压力的同时，也给他带来了两个难题：如何出好书？如何正确把握出版导向？

宋应离回忆起刚进出版社不久,便和当时出版社的总编辑——历史系的朱绍侯教授交谈到严控质量关的问题。朱教授谈道:"平时我们评价一个单位的工作,总是说成绩是主要的,错误是次要的,拿9个手指头和1个手指头比较,工作成绩9个手指头,错误1个手指头。但是,对出版社来说不能这样评价,一个出版社出了99本好书,1本坏书,那这个出版社就不行,就不能存在。"

"这番警示之言为我敲响了警钟。"1983年中共中央、国务院在《关于加强出版工作的决定》中指出的"一种先进思想和科学文化知识,一经出版发行,就能传之久远,在更大范围和更长的时间内发挥作用"[①]。宋应离对这句话尤为赞同,并将之当作办好一个出版社的重要评价标准。这个标准具体是"坚持为人民服务,为社会主义服务"的出版方向。为了坚持正确导向,多出精品,宋应离亲自担任责任编辑,编辑出版了几本书。

第一本书是李频创作的《编辑家茅盾评传》。李频是现任中国传媒大学教授、博导,也是河南大学1986年第一届编辑学硕士研究生,宋应离正是李频读研时的导师之一。

茅盾是新中国首任文化部部长,中国作家协会主席,成就很大,是文学创作的高手,代表作便是那部著名的长篇小说《子夜》。李频的书写得巧妙,他从茅盾的编辑出版思想、业绩入手进行研究,多角度、多层面、全方位地描述了作为编辑家的茅盾的业绩,写就了《编辑家茅盾评传》。可谓,为读者带来了茅盾

---

① 郑士德:《中国图书发行史》,高等教育出版社,2000,第867页。

先生不一样的一面。

衡量一部著作成功不成功,关键不仅是作者所提供的书稿本身质量怎么样,还与有责任心的编辑精心打造有很大关系。而精品图书无一例外地,少不了编辑的精心打磨。

宋应离先生作为此书的责任编辑,成就了一段导师为学生做责任编辑的学界和出版界佳话。其中各种缘

《编辑家茅盾评传》书影

由,据李频回忆:"我还记得1993年6月27日的早上,我与导师宋应离教授乘火车从北京返回河南。大概是还沉浸在25日在新闻出版署九楼会议室开过的《龙世辉的编辑生涯》出版座谈会的喜悦中,宋老师没闲聊一会就冒出一句:'你如果再写编辑人物的书,我们还给你出。'当时车过新乡,我凭窗远望,清晨的阳光真好;我生长在湖南山区,这一刻目光所及,平原真好,中原真厚实。就在那天的车上,我向河南大学出版社宋应离社长汇报了本书的主要内容和写作想法。宋社长基本认可了这个选题。"①

---

① 李频:《编辑家茅盾评传·重印后记》,河南大学出版社,2006,重印本,第384页。

宋先生接到书稿后,主动承担了这本书的责任编辑。"书稿经过初审之后,我感到这部书稿角度新颖,内容丰富,这是好的。角度很新颖,选题很新,内容也很丰富。但是这部书稿不足之处是框架有些凌乱,引文错误、不准之处较多。为了使书稿的内容进一步完善,我先后两次去郑州和作者商讨书稿的修改问题。"①

宋应离先生和李频合影

李频当时在《河南日报》社新闻研究所工作,宋应离便前往郑州东区,与作者李频仔细地交换意见,提出对书稿的具体修改意见。

---

① 2021年11月13日作者访谈宋应离先生内容。

第八章 走向新岗位

宋应离先生向作者介绍《编辑家茅盾评传》出版经过

1995年2月,《编辑家茅盾评传》在河南大学出版社出版。李频在后记中写道:"为做学问,向他人借书,借书给他人是常有的事,但大多已印象淡漠。唯有一次感触良多,记忆深刻。

"将《编辑家茅盾评传》的退修书稿送还河南大学出版社的时候,编审宋应离先生特意问我,稿中引文都核对过没有?我微笑着点了点头。退修意见有十几条,最后一条就是敦促再次核对引文。宋先生六年前是我的硕士生导师,现在又不顾出版社社长的繁忙事务,亲自担任本书的责任编辑,我自然不敢懈怠。不久,他打电话跟我谈书稿时说到,为了正确鉴审并编好我的小书,他把河南大学图书馆现藏的几十种茅盾著作、茅盾研究著作都搬回家中扫描了一遍。我听了油然起敬。他又说我书稿中引用的好几本书,河大图书馆没有,他想借去看一看。我听了一笑置之,满口答应,心想说说而已吧。又过了一段时间,他果真从

91

开封来郑州,到我家中要那几本书,我心中真像打翻了五味瓶,酸甜苦辣啥味都有。只好一口咬定,我已核对过了。但他还是要把书拿走,说不核对一遍他不放心。一校样出来后,他让我先校。别的话没多说,只轻轻地说了一句,单为核对书稿中的引文,他整整忙了一个星期,前前后后共有近一百处引文他做了订正。当然,他也没忘了把借我的书如数还我。

"他话说得很轻松,是他惯常的微笑中带出的轻声。但我听起来落地有声。拿着他退还给我的几本书,我真感到无地自容。一个年过六旬的硕士生导师,出版社社长,为了自己学生的书稿,竟从那学生处借书去核对引文,且一对就是一个星期,一对就是一百处错。作为学生的我,真不知平生还有比这更难堪的事否?

"校对时,我真没有勇气数他为我改正引文的准确数字。翻阅原稿,很明显地看到,有的引文确系我引用欠准确、全面,他对照原著有所增减,更多的是我关于引文出处的注释欠规范,他做了规范化的处理。

"是先生也为茅盾扶助后学、认真严谨的编辑风范所感染呢,还是先生见学生毕业后几年学问、工作都无所长进,便身体力行又补上一课?我反复咀嚼着那难堪的借书事,最后在《后记》中写下这样一句话:'本书在一定意义上只是我接受师长们继续教育而完成的学业。'"[①]

《编辑家茅盾评传》出版后,《人民日报》《新闻出版报》《大

[①] 李频:《编辑家茅盾评传·重印后记》,河南大学出版社,2006,重印本,第385-386页。

众日报》等十余家报刊,先后刊登书评,尤其是著名学者叶子铭高度赞扬了这本书的出版。他在这本书的序当中,写道:"李频同志以敏锐的学术眼光与默默的辛勤劳作,从编辑学这一学科研究的角度,对茅盾一生的编辑活动做了较系统、全面的梳理与研究,首次为编辑家茅盾立传。就我初读的印象而言,这不仅是国内茅盾研究领域里以新的视角撰写的第一部编辑家茅盾评传,而且由于作者注意到从本世纪上半叶中国现代期刊编辑的历史演进轨迹的大背景上,来重新审视、总结茅盾的编辑思想与实践活动的经验得失,因而它对于当前市场经济条件下的编辑出版工作,也具有较强的现实意义与借鉴作用。"①

1996年,《编辑家茅盾评传》获得1995年度河南省优秀图书二等奖。当回忆起这段编辑时光,宋先生仅是说道:"责任编辑就是要尽职尽责。"

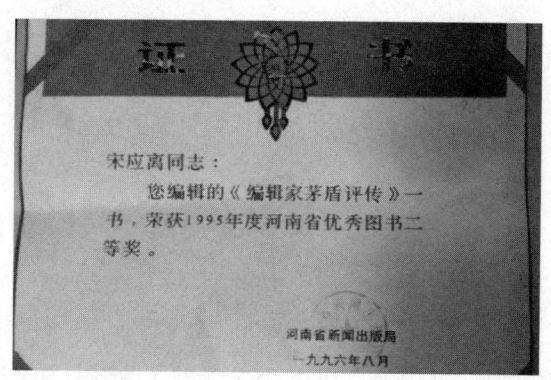

《编辑家茅盾评传》荣获1995年度河南省优秀图书二等奖

---

① 叶子铭:《编辑家茅盾评传·序》,载李频:《编辑家茅盾评传》,河南大学出版社,1995,"序"第2页。

(二) 参与编写《中国有条红旗渠》

1996 年底,河南大学出版社的几位老编辑发起了论证"中国有条红旗渠"这一选题,成立了社长、总编、资深编辑三结合的选题规划小组,具体由当时的资深编辑袁喜生同志为责任编辑,宋应离协助他做这一选题。选题报到河南省委宣传部、省新闻出版局,省委宣传部对这一选题高度重视,并且指出这是一部有写头、有看头、有奔头的好书,列入了 1996

《中国有条红旗渠》书影

年全省的重点选题,要求设立组织阵容强大的编写队伍,尽快实施这一选题计划。

这个选题计划最后变成了现实的一部书——《中国有条红旗渠》。

这部书描述了林县人民战天斗地,苦战 10 年,建设红旗渠的英雄业绩。提起林县红旗渠,宋先生并不陌生。因为在 1968 年秋天,河南大学在工宣队的领导下进行教学改革,当时要求教师走向社会,进行实地调查,系里指定宋应离带队,由当时的华钟彦教授、王宽行教授、卢永茂、马荣连、贾占清、章秀定 7 个人组成了教改小分队奔赴林县山区进行教学改革和实践活动。

在此期间，宋应离一行人在县教育局同志的带领下，分别到红旗渠工地上、到山区最高处石板岩，参加劳动访问。当时红旗渠的工程还没有全部完成，宋应离他们亲眼看到了林县人民为了求生存，彻底解决干旱缺水的问题，誓把河山重安排，在极端困难挑战下，推着小推车，一车车石头在工地上来回奔跑。

在1960年前后困难生活条件下，他们苦战10年在太行山的悬崖峭壁上，建造了全县境内的1500公里长的人造天河。这水是从山西漳河引过来的，从根本上结束了林县人民缺水的历史。真是"劈开太行山，漳河穿山来"，红旗渠被称为世界八大奇迹之一。

在林县三个月的实地考察结束后，林县人民的勤劳、自强不息、艰苦奋斗的精神在宋应离脑海中时常出现。他总想着怎样写出一部歌颂赞扬林县人民战天斗地的著作，这一愿望在1996年终于实现了。

全书以红旗渠精神为主线，突出林县人民几十年来创造历史的丰功伟绩。根据这一精神，全书的框架，由引言、太行石头颂、小推车礼赞、扁担奏鸣曲、尾声组成。除引言、尾声外，正文三部33节，第一部写林县人民在困难条件下如何修建红旗渠，战太行。第二部写林县人民在改革开放时期，10万大军到全国各地搞建筑。林县有10万大军，到北京、上海大城市搞建筑，北京的很多大建筑是林县人民给建成的，这是出太行。第三部写林县人民在改革开放的时候，乡镇企业崛起，人民生活富裕奔小康，富太行。战太行、出太行、富太行三部曲以红旗渠精神贯彻始终,作者经过两年多的努力写出了初稿,编辑先后多次和本书的作者交换意见,终于在1998年出版本书。

与以往的红旗渠的作品相比,《中国有条红旗》故事性强、人物性格突出,语言犀利,可读性强,具有鲜明的时代特色和浓郁的地方特色。1998年12月出版后,立即在中原大地引起强烈反响。短短一个多月内,先后有10多家媒体纷纷报道,称赞这部作品是一座用20多万个方块字垒砌起来的中华丰碑。

人民群众是文艺作品和图书的创造者,也是作品、图书的评判者。这本书出版以后在林县引起很大反响,很快1万册销售一空。当年修建红旗渠的特等劳模任羊成1999年1月8日给本书的作者王怀让、张冠华写信,信中说:"接过《中国有条红旗渠》这本书之后,是让人给俺念着听的,俺激动得多次流了泪,好像又回到当年那炮火硝烟中……感谢你们写了这本好书。"当年领导林县人民修建红旗渠的县委书记杨贵,他在1999年3月10日写给出版社的信中说:"看到《中国有条红旗渠》对这段岁月的追忆,使我感动不已。我相信这部书的出版会对红旗渠精神的弘扬起到巨大的推动作用。"

这本书获得中宣部的"五个一"精神文明奖,是一部可读性强、双效俱佳的好书。多年后,宋先生回想起参与这本书的编辑过程,感慨万千,遂写下了感悟,详列如下。

第一,一部著作的出版要有鲜明的主题。1996年6月,当时的中共中央总书记江泽民在视察林县时,挥笔题写了"发扬自力更生艰苦奋斗创业的红旗渠精神"。"自力更生,艰苦奋斗"这是主题,是中华民族的精神,也是林县红旗渠的精神。这是对林县人民修建红旗渠艰苦奋斗、自力更生的民族精神的高度概括。全书的内容始终是围绕这一主题展开的。这一民族精神不仅是对林县人民的创业精神的总结和表彰,也对全国各族人民艰苦奋斗,自力更生,用自己的双手建设富强的国家具有普遍的意义。

第二,图书出版的选题必须从生活中来到实践中去,坚持调查研究,考虑读者的需要,克服主观性、盲目性。改变坐在屋里想点子,找个作者写稿子,放在市场上做样子,以主观主义的态度脱离实际的办法对待出版工作。选题一定要从生活中来,从调查中来。

第三,出版工作必须走创新之路。文化传播的过程是一个文化积累、贮存、创新的过程,它不仅要求同质文化的增加,更重要的是重视新质文化的创造。只有新质文化的出现,才能代替、淘汰那些落后的文化;只有创新的作品,才能赢得读者,赢得市场,获得最佳的社会效益和经济效益。[①] 所以这本书在写作过程中,既充分吸收过去众多作品的成果,又在原有的基础上有所突破,三部曲就是最好的说明。

第四,一部著作的成功关键在作者。经过调查研究,确定王怀让为本书的第一作者。王怀让是河南大学中文系1966年毕业生,是《河南日报》文艺处处长,是诗人、中国作协会员,多次写作过有关林县的作品,对林县非常熟悉。他眼界开阔,文笔犀利,具有诗人气质,是较理想的作者。其余的两位作者对林县也

---

① 宋应离:《宋应离出版文丛》,河南大学出版社,2012,第433页。

很熟悉。

太行山里的红旗渠是林县人民团结奋斗的伟大成就,文字里的红旗渠则是作者和责任编辑袁喜生、社长宋应离等共同完成的意义深远的作品。他们揣摩,斟酌,多次热火朝天地讨论,复刻出了这座恢宏的国家工程,向当年的一线劳动者致敬。

第九章 收集编撰出版史料，服务教学，服务出版

（一）总结出版经验，收集整理《中国当代出版史料》

巧妇难为无米之炊，拙庖易解有刃之牲。打仗要有兵，做工要有木材，耕田要有土地和种子，这叫办事的基本物质准备。同样，做学问，无论是从事教学活动或者科研活动，都要收集占有充足的资料才行，只有如此，教学中才能有底气，科研中才有活力。占有资料，就是学术研究的基础，也是学术研究的开端。编辑学的研究，编辑专业的建设，编辑专业的教学，都不能不去占有广泛而丰富的资料。

20世纪七八十年代，随着十一届三中全会的召开，我国的出版事业开始步入正轨，获得了新的发展。在改革开放的形势下，我国报纸、期刊和图书出版单位数量激增，与此同时专业的从事编辑出版工作的人才却出现严重的短缺，这一现象开始得到国家有关部门和各方面的关注。1979年初，国家出版局在北京召开编辑工作座谈会，会上"编辑工作是一种专门的学问"等问题就已经被一些学者提出。1979年12月，中国出版工作者协会成立，中国出版工作者协会开始成为有计划地开展出版理论研究及业务交流活动的全国性社会团体。1983年6月，党中央

和国务院发出《关于加强出版工作的决定》,其中明确提出"加强出版印刷发行的科学研究工作""建立出版发行研究所""成立出版学院"的要求,这为出版事业、科研及教育等工作都提出了新的要求。

为此,各种类型的专业研究机构、专业刊物和高等教育编辑、发行专业的建设呈现出了活跃的局面。出版科研工作也呈现了从中央机关到地方出版系统、科研院所的研究热潮。1994年全国编辑学理论研究会在郑州召开,会议上当时任国家新闻出版署副署长的刘杲同志提出:"注重调查研究,没有资料就是无米之炊,要以资料作基础,不重视资料,研究很难深入。"他还在另一次会上说:"资料的不足,导致我们的一些编辑学研究定性分析多、定量分析少;总体论述多、个案剖析少,资料的不足,已经成为编辑学学科建设进一步扩大和深化的瓶颈,自己动手调查研究,可能是解决这个问题的办法之一。"①刘杲同志关于出版资料建设的发言,为这一时期的出版科研工作提出了新的方向。

伴随着国家层面对出版工作的重视,1984年,在时任中共中央政治局委员胡乔木倡导下,南开大学、北京大学、复旦大学率先设立编辑学专业,并于次年开始招收本科生。这三所大学的办学实践为编辑学专业在其他高校的设立提供了经验,1985年河南大学依托《河南大学学报》编辑部开始筹办招收编辑学硕士研究生,通过发布招生信息,该专业共收到108名学生的申

---

① 宋应离:《宋应离出版文丛》,河南大学出版社,2013,第299页。

请,首批录取了李频、王衍诗、何玉冰3名研究生。1987年至1988年间,河南大学编辑学硕士研究生专业又陆续招收了3名,自1986年起又招生了24名编辑学课程进修生。

随着编辑学专业教育的开展,缺少教材也成为当时发展的主要问题。宋应离曾言:"我在编辑专业的教学和指导研究生中常常感到有关方面资料的匮乏。作为一门新兴的编辑专业,由于这方面出版的参考书、参考资料太少,给开展研究工作带来了诸多困难。一些研究生在做毕业论文时因资料难寻常感到困惑。鉴于上述情况,我就想结合教学在积累收集有关编辑专业的资料建设上做些努力,以提高自己对问题把握的能力,也利于满足专业教学和研究工作的需要。"[①]

20世纪90年代以来,我国的出版事业和出版社有突飞猛进的发展,也积累、发掘了较为丰富的出版史料,但这些史料并没有得到认真的、系统的整理,有关的研究也相当滞后。关于出版史料的系统整理和研究,仅有20世纪50年代,我国的著名出版史专家张静庐辑注的《中国近现代出版史料》,该套出版史料共七编八册,其中近代部分为二编二册,初编于1953年由上杂出版社(原上海杂志公司)出版,二编于1954年由群联出版社出版;现代部分为四编五册(甲、乙、丙、丁上、丁下),分别出版于1954、1955、1956、1959年,补编于1957年由中华书局出版。全书约250万字,共408篇,收录了有关出版方面的第一手资料,收集附录了262幅出版事业珍贵的插图、书影等资料,时间自

[①] 宋应离:《宋应离出版文丛》,河南大学出版社,2013,第299页。

1862年京师同文馆创立,到1949年前夕,反映了我国出版事业的沿革与流变。书中存有大量的丰富的第一手出版史料,是一部重要的有参考价值的专题史料,为我们研究近现代出版史提供了有益的借鉴,至今仍是我们研究近现代出版史重要的资料。但是这部书仅收录1949年之前我国出版事业发展的史料,并未收录1949年中华人民共和国成立后的出版史料,这也为宋应离编辑整理《中国当代出版史料》提供了一定的空间。

为了总结1949年后的出版工作的历史经验,适应编辑专业教学的需要,受张静庐先生的启发,宋应离与河南大学出版社的袁喜生、刘小敏萌发了编一部全面总结、反映新中国成立以来出版事业光辉成就的资料文献性图书——《中国当代出版史料》。该史料文献收集的时间跨度是自1949年至1999年50年间有关出版事业发展的资料文献。50年虽然时间不长,但从1949年中华人民共和国成立以后,出版事业发生了诸多变化,期刊、图书、影像、绘画、出版方面积累了很多的历史资料,出版机构的变化、出版人员的更替、编辑家的经验都需要全面总结,这些史料对于出版业发展十分重要。另外系统总结50年来出版工作的巨大成就、经验教训,也可以为编辑专业教学和出版研究提供有用的资料。有了想法之后,经过宋应离与袁喜生、刘小敏等人的积极申报,编辑整理《中国当代出版史料》的想法变为了现实,并于1993年获批国家"八五"社科规划项目。

由于这套丛书跨度50年,任务艰巨,面临许多的困难。首先,要对新中国成立50周年我国出版事业的发展历程有一个相当客观准确的把握;要占有大量丰富的资料;要对大量真伪杂糅的资料有一个科学的分析鉴别,做出准确的取舍。对于资料的取舍看起来容易,但实际要从众多资料中做出科学的选择,无异于百里挑一。中国现代著名编辑家阿英针对此问题在《论文选》一文中曾经有言:"选文是一件盛事,也是一桩难事。唐显悦序《文娱》曰:'选之难倍于作。'这个'倍',我是不能完全同意,但严肃的文选家工作的艰苦,并不亚于写作者,却是不容否认的事实。""还有那更重要的、更基本的,选者的态度眼光,也就是所谓观点的问题。""文选家也是一样,没有统一的观点,独特的眼光,其结果是必然的失败,选文绝对不是一件轻而易举的事。"[①]所以在编辑这套丛书时,宋应离等三人非常注重对资料做鉴别,反复推敲,去伪存真,百里挑一。

其次,编辑工作中面临的另一个问题是鉴于历史的原因,有些出版史料尘封已久,一时难以寻找;由于种种原因,一些资料散失;有些重要的档案资料尚未整理发表。这些都给资料的查阅收集带来许多困难。

为此,为了能够做好《中国当代出版史料》,宋应离三人积极向前辈出版家请教。1996年6月宋应离、刘小敏请教时任新闻出版署副署长刘杲同志,当谈及编《中国当代出版史料》时,刘杲对该书的编辑提出了建议:"要注意不要编成一片光明,也有腥风血雨,正反面都要有。鲁迅的伟大,正是我们编他的集子时,把别人骂他的话也收进来了。关于是否能编出权威性,重要

---

① 阿英:《阿英全集》第四卷,安徽教育出版社,2003,第42页。

的是注意精选。"① 在关于编辑出新的权威性方面,刘杲主张通过精选史料提高权威性。后来等该书的编写提纲出来后,宋应离还拜访了出版家王仿子,他也针对该书提出了11条意见。

在向前辈出版家请教经验后,宋应离、袁喜生、刘小敏确定了该书明确的编辑指导思想:坚持以马克思主义的历史唯物主义为指导,历史地、客观地、系统地总结中华人民共和国成立以来这一历史阶段出版事业的成就、经验、教训,做到总结历史,借鉴过去,认识当前,服务未来。既要充分反映中华人民共和国成立以来出版战线上的伟大成就,同时也必须看到前进中由于出现的"左"倾思想的干扰对出版工作的破坏,要正视问题,不回避工作中的失误;既要总结成绩,又要指出缺点、局限、教训。

因此,在具体的编辑实践中,对于资料的取舍,宋应离及编辑团队经过反复讨论,最终确立了几点原则。

第一,真实性。文须出彩,史求真实。历史研究,史料的收集整理,应遵循历史辩证法,客观真实地反映历史发展的过程和事物的原貌。编辑的史料要能够揭示事物发展的本质规律,经得起历史的考验,任何歪曲历史、以个人感情编选历史的现象,都是不可取的。不尊重事实,根据自己的想象、感想去编辑史料,是不可取的,不能以自己的感情代替史实。历史真实,不能歪曲,不能篡改。为此,对收入书中的有关史料,宋应离团队会调查、考证、鉴别,做到真实可信,通过调查后研究取舍。

第二,权威性。在史料的收集整理中,注意收集在某一个时

---

① 宋应离:《宋应离出版文丛》,河南大学出版社,2013,第300页。

期有关的、公认的、有代表性的杰出出版家对有关问题的谈话和文章，获取原始的第一手资料。在史料收集时要做到应有尽有，选取的时候则要优中选优，根据史料的权威性来做到编辑使用时的取舍。

第三，代表性。出版工作的每个历史阶段、发展阶段都会留下浩繁的史料，对于众多的史料要加以比较鉴别。对若干重要史料要加以比较，内容相近的史料，要选取其中代表性的论著，做到以一当十，以少胜多。[1]

确定了编辑原则之后，整套丛书文献资料的收集整理工作就开始了。由于整套丛书工程巨大，涉及面广，难度很大，而宋应离及编辑团队又只能在紧张的教学和编辑工作之余进行，整个资料收集、编辑到出版整整耗时6年之久。他们利用一切可以利用的时间，在图书馆查阅报刊图书，旷日持久不间断进行。不管天寒地冻，炎热酷暑，不论节假日，也坚持进图书馆搜集资料。由于有些图书和期刊出版时间久远，一时很难找到；有的期刊、图书尘封已久，书面上布满灰尘，用手一翻尘土飞扬，随时进入鼻孔；有时眼睛用得过久，也变得模糊不清。

据宋应离回忆：每到从图书馆出来的时候，有的时候一摸鼻子，手指上就一层黑灰，几分钟看不清东西。除了工作以外，在收集整套书的资料期间，宋应离三分之一的时间都是在图书馆中度过的。当时电脑是稀缺的工具，加上他并不会使用电脑，因此所有的资料都是经过手抄、复印的方式收集整理，这中间的艰

---

[1] 宋应离：《宋应离出版文丛》，河南大学出版社，2013，第300-301页。

辛，局外人难以体会到。

1998年7月，正值酷暑，室外气温也高达37摄氏度。因为河南大学图书馆没有《新华月报》的创刊号，宋应离为了弄清楚《新华月报》的创刊时间，就到开封市图书馆查找。位于龙亭湖畔的开封市图书馆距离宋应离的住处有一公里的路程，炎热的酷暑，他在一星期之内先后步行去了5次，终于发现了《新华月报》的创刊号。但是不幸的是封面已经破坏了，看不清封面的全貌，无法复印。后来通过查找资料，他又发现该馆储存的1985年至1988年的《新闻出版报》上刊有该刊的封面，才总算是找到了需要的文献资料，也算是炎热夏天的一点收获。

查资料要有足够的耐心，有时为了查找一个完整的资料，宋应离在图书馆一坐就是半天，专心收集整理，达到入迷的程度。据他回忆，有一次他在河南大学图书馆查阅期刊，到了中午忘记时间，忘记从图书馆书库离开。那时候图书馆中午还要闭馆。中午下班时，图书馆管理人员把他锁在了图书馆内。他只能喊人，传达室的一个值班人员听见后，又把图书馆管理员的钥匙要过来，才把他从图书馆"放"了出来。

1990年七八月间，是宋应离最忙的时候，他和袁喜生、刘小敏有320万字的书稿需要重新校对，天气炎热，没有空调，日夜不停地校对，往往是汗流浃背。有时候到图书馆查阅有关材料，天气炎热，工作却紧张不停，他们仍把工作看成是自己理想的追求，把辛苦看作是乐在其中的精神向往，内心就有了心满意足的感觉。

坚持就是胜利。经过6年不停顿地收集，《中国当代出版史料》查阅了近400种报刊图书，复印资料近千万字，从中筛选

470多篇文章，共320多万字。内容紧接张静庐编纂的《中国近现代出版史料》，始自1949年10月，迄于1999年8月，从出版管理体制的沿革，图书和期刊的编辑、出版、发行，出版界著名人物、事件等不同侧面，反映了中华人民共和国成立后出版界发生的深刻变化，再现了50年来出版事业发展的轨迹和整体风貌。

虽然书稿已经准备好了，但接下来由哪家出版社出版，也成为该书出版的难题。作为一套出版史料丛书，专业性强，读者面窄，审校环节多，印刷费用大，出版社一般难以接受。当时最便利的条件是由河南大学出版社出版，但彼时河南大学出版社还没那么多的资金和那么强的实力承担该套丛书的出版需要。因此，宋应离等就抱着试试看的态度，将该书的初稿送往大象出版社进行审定。出乎他们的意料，当时大象出版社的社长周长林、总编辑李亚娜显示了他们的远见卓识与战略眼光，果断决定出版该书。

《中国当代出版史料》于1999年9月由大象出版社出版。在出版前担任这套书的责任编辑张焕斌，在审查书稿后，在内容编排上提出了许多意见。著名出版家戴文葆、王仿子对该书的框架、所收的内容提出了宝贵意见。根据他们的意见，宋应离等又对书的框架、内容做了大量调整，最后确定全书为8卷。

第一卷内容为"党和国家主要领导人与出版工作""马克思恩格斯列宁著作在中国的出版与传播"；第二卷为"新中国的图书出版"；第三卷为"新中国的期刊、多媒体出版物"；第四卷为"迅速发展的中国印刷业""新中国的图书发行与图书宣传""辉煌的一页——著名出版社历程回顾"；第五卷为"编辑春秋——

著名出版家、编辑家业绩回顾""编坛往事录";第六卷为"前进中的曲折""编辑理论研究和编辑队伍建设";第七卷为"加强科学管理　促进出版繁荣";第八卷为"继往开来　深化改革　再创辉煌""附录"。第八卷的附录,收集了新中国成立以来所有有关编辑出版理论的书目,分为出版史、出版理论研究、编辑学研究、工具书的出版等各方面内容。

该书出版后,受到出版界广泛好评。新闻出版署原署长于友先在为该书写的序中说:"宋应离、袁喜生、刘小敏三位同志,长期从事出版工作和出版理论研究。利用五年多时间,以历史发展的眼光,从尘封已久、浩如烟海的报刊图书中,收集了大量有价值的出版资料,对其加以汇集梳理,采英撷萃,编辑成一部全面反映展示中华人民共和国成立 50 年来我国出版事业发展和辉煌成就的文献资料图书——《中国当代出版史料》,这是一件很有意义值得称道的事情。"该书"比较客观、真实地反映了 50 年来我国出版事业发展的历史轨迹和脉络。它既尊重历史,又体现时代精神;既充分展示了出版工作的巨大成就,又反映了出版工作中的曲折与艰辛,具有历史真实性与相当的学术价值、实用价值"。与张静庐编辑的《中国近现代出版史料》相比,"体例相近,时代相接,可谓前后辉映。前者出自出版界老前辈之手,为出版史料丛书开山之作,发凡起例之功不可磨灭。后者站在时代的高度,起点更高,体例更臻于完整统一。与前者相较,有诸多踵事增华,不仅仅是内容的延续而已"。①

1998年9月26日,著名出版家王仿子与宋应离交流:"编史料是一件很有意义的工作,需要收集的资料很广泛。宋原放一直想把张静庐编的250万字的史料重新编辑出版,但由于经费问题没有着落。前年在海南开会时几十个参会者一致要求,要注意出版史的出版,后来山东会议时也说过,但当时也未能落实。"当他得知《中国当代出版史料》一书出版时,他高兴地说:"有文化眼光没有钱,出不了这样的书。相反,有钱没有文化眼光,也出不了这样的书。你算找到一个既有钱又有文化眼光的出版社,问题就解决了。"②

新闻出版署原副署长刘杲在1999年4月29日给宋应离的来信中言:"你花那么大的力气编当代出版史料,我很敬佩。这类工作默默无闻,但它确实是人民的需要。"

王益同志1999年4月30日给宋应离来信时说:"人生在世,就是要做点为国家为人民有益的事,你这就是做了一件有益的事。"新闻出版署原署长宋木文1999年5月3日在写给宋应离的信中说:"对您为今天和后人收集编选出版史料进行的艰辛而有远见的劳作甚为敬佩。"

著名出版家戴文葆1999年发表文章《推动出版事业发展的新贡献——谈〈中国当代出版史料〉》,对该套丛书也做出了评价:"《中国当代出版史料》8卷本,既与张静庐所编史料书先后

---

① 于友先:〈中国当代出版史料·序〉,载宋应离、袁喜生、刘小敏编《中国当代出版史料》第一卷,大象出版社,1999,"序"第2-3页。
② 2021年11月20日作者访谈宋应离先生内容。

1999 年 4 月 29 日刘杲致宋应离信

辉映,又具有历史时代与内容门类的特色。"作者"从尘封已久的图书报刊中,以及近年发行的种种出版物中,还有建国以来的内部文献资料中,发掘、搜求、汇集、梳理,得到河南大象出版社的热心支持,选编成皇皇 8 册,这在近 30 来年中,是尚属少见的出版研究的新成果、新贡献"①。

---

① 戴文葆:《推动出版事业发展的新贡献——谈〈中国当代出版史料〉》,《出版发行研究》1999 年第 12 期。

第九章 收集编撰出版史料,服务教学,服务出版

著名出版家王益在史料编撰过程中就关心该书的出版,他还和方厚枢、王仿子三位老先生,联名写了一篇文章,对于《中国当代出版史料》这样评价:"宋应离、袁喜生、刘小敏三位同志编辑的《中国当代出版史料》(1949—1999)8册,是适应当前研究和学习出版史迫切需要之举,可喜可贺。三位同志,不辞辛苦,花了六年时间,从近千万字的资料中筛选出320万字,编成这部书。它篇幅大,字数多,收集范围比较宽广,收集资料比较丰富。在时间上正好与张静庐先生所编史料衔接。书中有些文章,编者曾商请原作者根据新发现的资料进行了修改和补充,使内容更加准确和充实,这是该书的一大特色。该书刊载了一些珍贵的插图;全书按各个专题分编8册,便于阅读;附录中的大事记和《新中国成立以来出版专业书目汇编》和一些统计资料也很有用。以上这些,也是该书的优点。全书8册,一次出齐,这要归功于大象出版社。他们以繁荣学术为重,以积累文化为重,以发展出版事业为重,真正实现了把社会效益放在首位的方针。"①

中国出版科学研究所副所长、中国编辑学会常务副会长邵益文在1999年10月的来信中说:"您带病坚持工作,为中国出版事业和出版人做了一件大好事,应该好好地感谢您,同时,也要感谢大象出版社的领导和同志们,感谢他们的大力支持。编这种书很不易,它不是单靠一股热情,组织几个得力的人就能做

---

① 王益、王仿子、方厚枢:《推动出版史的研究和学习——谈我国出版史著作和史料出版》,《中国出版》2000年第3期。

的。当然,热情和积极性不能少,但更重要的是要有日积月累的收集、积累,随时随地地关心着这方面一丁半点的变化。所谓积厚而薄发,编到书里是320万字,平时积累的资料,恐怕要远远地超过这个数字,所以,我体会到其中之难。"①

全国新华书店的副总经理郑士德在1999年10月20日给宋应离的来信中说:"新中国已经成立50周年,出版事业得到空前发展,需要把半个世纪的出版史记载下来,从中研究探讨出版发行的规律,一直到出版实践。我是研究出版发行史的,正在撰写《中国书业史》一书,深感现在缺少研究当代出版史的书,出版史的研究很有必要,也是对我国出版界的一大贡献。我收藏的书比较多,希望这本书也摆在我的书柜里。"

李明山、孙支南在评价该书时认为《中国当代出版史料》"不愧是一部全面反映、展示中华人民共和国建立至1999年50年间我国出版事业发展历程和辉煌成就的大型文献资料汇集的鸿篇巨制,不愧是中国当代出版历史的宏伟奠基工程"②。青年学者段乐川站在中国出版史料学建设的角度,认为"《中国当代出版史料》的出版,填补了建国50多年来出版史料收集、挖掘和整理工作的空白,成为续写中国现代出版史料学的重要一笔。因为这部书的出版,近、现、当代中国出版的历史概念才得以更清晰地呈现在出版学界面前,同时也为学界更大历史时段的出版史研究的开

---

① 邵益文:《编辑的心力所向——编辑工作和编辑学探索·给宋应离同志的信》,贵州人民出版社,2004,第396页。

② 李明山、孙支南:《中国当代出版史的奠基工程——写在〈中国当代出版史料〉出版之际》,《中国出版》1999年第12期。

展提供了可能。因此,它对出版史研究,乃至整个中国当代思想史的研究都有着难以估量的资料价值和学术价值"①。

这些老一代出版家对编纂出版《中国当代出版史料》一书的关心与支持,以及后人对该书的评价,不仅说明他们对出版史料收集整理的高度重视,同时也是对编辑专业教研的关心与期盼,也彰显了宋应离团队编著的《中国当代出版史料》丛书的价值。

2000年该书又荣获河南省新闻出版局颁发的1999年度河南省优秀图书二等奖。宋应离谦虚道:"作为《史料》的编者,由于我们不在出版中心地北京,资料的收集、整理受到了种种的限制;加之我们见闻和学识所限,《史料》一书留下了难以挽回的疏漏和遗憾。不过值得庆幸的是,我们能为编辑专业教学提供一些资料,为促进学科建设做些努力,已感到欣慰了。"

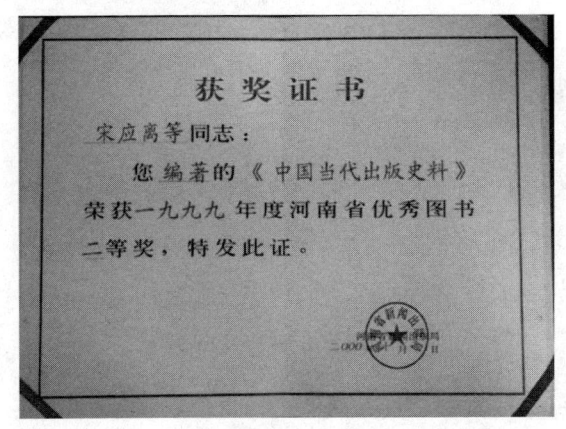

《中国当代出版史料》荣获1999年度河南省优秀图书二等奖

---

① 段乐川:《论宋应离的编辑出版史学研究及其成就》,《河南大学学报(社会科学版)》2014年第54卷第2期。

时至今日,宋应离对编辑出版《中国当代出版史料》一书的经过,还历历在目。对于史料的编纂出版他也有了自己的体验。第一,目标认定,疯狂追求。他认为不论是学术研究还是从事其他事情,都必须有比较明确的目标,切忌三心二意,避免做无用功。正如中华人民共和国成立50年来,我国出版事业不断发展繁荣,留下了许多宝贵的经验,可是对于这段历史,很少有人从历史发展的角度加以总结,所以他下决心编一部中国当代出版史料,并坚定不移地进行。第二,目标确定之后,就要全身心投入。当时在编该书时,他对中华人民共和国成立以后出版的有关图书和主要的期刊全部有所涉猎,凡是与出版有关的资料一网打尽。在此基础上,去伪存真,去粗求精,确定新篇目,进行选定和取舍。第三,不畏艰辛,攻坚克难。虽然在过程中有很多的困难,但要迎难而上,克服所有困难,出版史料整理是出版研究的基础性工作,打好基础,才能为学科建设多做贡献。

(二)彰显先贤遗教,编纂《20世纪中国著名编辑出版家研究资料汇辑》

20世纪是一个不同寻常的历史时期,经历了政治风云的变幻、政权的频繁更替、飘摇不定的大动荡和大变革,中国由半殖民地半封建社会开始向新民主主义社会转变。与此同时,具有推动社会变革,促进社会进步作用的出版业,不仅在印刷技术上经历了从雕版到"铅与火""电与光"的巨变,而且在组织结构、经营方式、出版理念上,也完成了由封建时期的传统出版业向现代新式出版业的转变。从整个出版史的发展来看,这一段是中国出版史上颇具光辉的一页。在长达一百多年的历史进程中,出版活动始终与社会同呼吸、共命运,关乎这一时期人类社会和文明的发展和演进。

不过,这段对于过去出版业兴起和发展有重要意义的历史,在 21 世纪初并没有引起人们的足够重视。难怪出版史专家胡道静感叹:"更令人惊异的是,我国近、现代社会的变革,经济发展,文化活跃,无一不是由于广泛流传的新兴出版物所引起与促成,而在出版界本身方面,却淡然置之,鲜有对此开天辟地的伟业加以记录。"[①]

一部编辑出版史,在某种意义上来说就是一批著名编辑出版家选择、积累、传播人类优秀文化的历史,是一部出版家出版活动的历史。这些杰出的人物,在持久不息的出版活动中,高举出版的大旗,是推动出版事业前进的强大力量,是影响出版业最活跃的因子。

在 20 世纪风云动荡的年代,为中国出版业的发展做出巨大贡献的编辑出版家群星灿烂。他们以编辑出版工作为己任,为民族和国家的命运计,传播先进文化,传承社会文明,不断推动着中国出版事业的发展和繁荣,推动着社会的进步与变革。但这样的编辑出版家总是被历史所遗忘,他们在出版活动背后默默无闻,无私奉献,鲜有被翔实记录、研究,留下可以遗教后世的

[①] 宋原放主编《中国出版史料 古代部分 第一卷》,湖北教育出版社,2004,"胡道静序"第 1 页。

资料。因此这便成了宋应离等编撰《20世纪中国著名编辑出版家研究资料汇辑》(以下简称《汇辑》)的初衷和愿望。他们希望以当代人的眼光，运用历史唯物主义观点，客观地总结他们在编辑出版过程中的经验，彰显他们的业绩，继承他们的遗教，做到总结规律，借鉴历史，树立典型，指导今人，教育后人。

促使宋应离、袁喜生、刘小敏编纂《汇辑》的动因，也有来自出版学科建设和教学工作的需要。改革开放后，随着我国出版事业的发展，编辑学在中国崛起并不断发展，高等学校也建立了相关专业开展本科、硕士研究生教育。促进学科建设，适应教学工作的需要，也成了宋应离等编撰该书的动力。

编纂这样一部大型的跨度为一个多世纪的文献资料性书籍对宋应离团队来说也是一种尝试，虽然已经有了之前编著《中国当代出版史料》的经验，但仍旧任务繁重，困难重重。他们认为面临的困难主要有四点：一是时间跨度长，从所收录的人物的时间来看，最早的编辑出版家可以追溯至1867年出生的张元济，最近的是2004年去世的出版家陈原，时间跨度长达130年之久；二是在20世纪的历史上从事出版活动的人物众多，人物选择标准难以掌握；三是由于历史时间跨越久远，资料散失难寻；四是工作量大，众多人物，如何完整地收集这些编辑出版家的文献资料也是问题。宋应离和袁喜生、刘小敏从实际出发，不先入为主，沿着历史发展的脉络，遵循编辑出版工作的规律，把主要的精力放在查询第一手文献资料上。自1998年开始，历时7年，在掌握大量文献资料的基础上，本着边收集整理边学的精神，他们才对整部书的框架、入选人物的选择标准以及资料选取标准建立起了清晰的认识。

宋应离(中)与刘小敏(左)、袁喜生(右)
一起讨论《汇辑》编写问题时的合影

在对编辑出版家的选择上,宋应离等坚持三个标准选择人物:一是人物一生大部分时间都是从事专职或兼职编辑出版工作,创办或组织过在国内外有重大影响的出版机构,编辑出版过有标志性的出版物;二是在出版领域有独特的建树或有着较为系统的编辑出版理论;三是以传播进步文化为己任,在推动民族文化建设上做出重大贡献,是公认的有重大影响的编辑出版人物。根据这些选取标准,宋应离等选取了54位在不同历史时期对中国编辑出版事业做出重大贡献的人物作为研究对象,力求通过对这些人物多角度多侧面的研究,全景全貌地反映20世纪我国出版事业发展的概况。

在对文献材料的选取上,宋应离等坚持求真、求全、求特。虽然在历史长河中,有关这些编辑出版家的文献资料有很多,但由于时间的久远、当事人记忆的模糊或者不同的人对资料的诠释各不相同,其中很多资料难以辨别真伪。特别是"文化大革命"期间的有关资料,杂乱无章,对这个时期的资料必须加以鉴别比较,然后才能决定取舍。

文献资料的价值在于其真实性,只有真实的东西才有说服力、生命力,才具有永恒的价值,因此要非常注重选取的文献资料的真实。出版家王益在讲到出版史料的鉴别时说过:"史料的价值贵在真实。真实的史料才有价值,不真实的史料一钱不值。真实性、准确性、可靠性是衡量史料价值的首要标准。"

为了较全面地了解一个历史人物和某些具体事件,给后人提供研究方便,宋应离等在搜集资料中不满足于已占有的东西而停滞不前,他们扩大视野,向纵深开掘,尽量做到一网打尽,多多益善。如在查阅邹韬奋的有关资料时,不仅搜集中华人民共和国成立之后的有关研究资料,还查阅中华人民共和国成立之前的有关研究资料,同时对邹韬奋本人出版的论著、所办的报刊以及出版机构的有关资料、当代人的有关研究成果等,都加以了解、搜集。当时粗略统计,仅涉及邹韬奋一人的研究论文目录就有近300篇。这些均作为存目收入书中,尽可能为研究者提供更多的线索。

在对有关研究论著的收录中,他们既重视那些有创新、有理论深度的文章,同时还重视那些有关研究人物和编辑出版工作中的个案研究和典型解剖的论著,以增强资料的具体性和多样性,也便于从具体的事实中把握出版工作的规律,有利于突出出版人的编辑出版特色。

如陈独秀,宋应离等编者重点选取了陈独秀在创办《新青年》和《安徽俗话报》的有关资料,突出了他在开创无产阶级报刊方面的重要作用。关于叶圣陶、茅盾,重点选取他们改革《小说月报》、办《中学生》方面的有关研究论著,以突出他们倡导新文学、培养文学新人方面的贡献。在有关冯雪峰的研究资料中,突出他在鲁迅研究、鲁迅著作编辑出版、鼎力促成《保卫延安》一书出版等方面的典型案例,显示了他深远的文化眼光和为扶植青年作家甘为人梯的精神。关于赵家璧,选录了他的代表作《我与中国新文学大系》,具体展示了他高超的、富有文化眼光的选题策划能力,成功动员一大批一流作家、学者齐集一堂共襄盛举的超人的组织能力,以及精于计算、统筹兼顾的能力。如此处理,既保证了选题的高品位,也完全适应了市场的需求;不仅可以加深对这些杰出编辑出版家的了解,也便于从个案和典型事例中总结编辑出版工作的规律。

在编辑思想方面,宋应离等则重视体现编选者的主体意识,避免把《汇辑》的编纂变成对资料的简单的罗列堆砌。在编纂工作中,作为编选者的他们力求通过对相同类型或相同形式的原生出版物加以构建,组成一个新的文化集合体。这种集合体可以称作衍生出版物。

衍生出版物是指"在特定的文化时空里,编辑对整个社会的原生出版物或者其中的一部分,施行一定的编辑技术手段,使其化合成一个出版物新品种,这种类型的出版物可以叫作衍生出版物"①。显然,衍生出版物不是对原生出版物的简单归拢、合并,而是编选者按照已定的编选思路进行甄别、遴选和技术处理所形成的一个有序的、追加的新的再生品。它既保留了原生出版物自身的价值,又含寓体现了编选者的思想与见解。这样对编者就提出了较高的要求,重在强调编选者的识见、文化眼光和创造力,编者要认真地选择,反复推敲。

搜选资料的时候,百里挑一,为了避免遗珠之憾,需要编者有比选本规模高出数倍的阅读量。宋应离等在编纂过程中所收集到的资料远不止成书的数字,而是从一千多万字的资料中经过反复比较、筛选而成四百多万字,真是体现了他们作为编者的主体意识。

在历史人物评价上,宋应离等注重无偏无党,客观公正地评价历史人物。在编纂过程中,他们经常会思考这样的问题:对历史上有过问题的人物如何对待?如何做评价?由于历史的原因,在过去相当长时间内,学术界在对历史人物的评价上曾存在片面性、绝对化倾向,缺乏实事求是的、公允的态度,甚至一些人物被视为研究的禁区。但宋先生他们认为对历史人物的评价必须遵循历史唯物主义的科学态度。判断历史的功绩,不是根据历史活动家有没有提供现代所要求的东西,而是根据他们比他们前辈提供了什么新东西。对历史人物的思想活动、功过、实际影响要进行具体分析。对有历史问题的人物,不能苛求。既不能扬其功、掩其过,也不能彰其恶、弃其功。即使对那些有严重

---

① 李频:《编辑家茅盾评传》,河南大学出版社,1995,第212页。

过错的人物也应该有容纳百川的气度。

正如著名历史学家章开沅所说:"1949年以来,海峡两岸由于长期对立,对当代人物的评价中常夹杂党派成见,应属学术研究之大忌。我一贯认为,历史的文字载体难免有主观的偏颇,但历史的本体却是客观的实在;所谓价值判断无非是后人的理解,而且从来也没有什么永恒不变的价值标准。历史学家对历史人物的严格审视,主要表现为力求贴近历史的本来面目,既不能溢美,也不能掩过。然而历史学家又是比较宽容的。金无足赤,人无完人。如果并非大奸大恶,只要是具有造福于社会且泽惠于后世的大功业,即不可一笔抹杀。"①受此启发,宋应离团队确立了如何评价历史人物的标准和原则。

在解决了编辑出版家人物选取、文献材料选取、历史人物评价标准和编辑思想等疑难问题和编纂思路后,他们就开始了整部书的史料收集阶段。出版史的研究离不开对出版史料的收集整理,史料的收集是一种既艰难又寂寞枯燥、无名无利、费时费力的工作。

宋应离和袁喜生、刘小敏三个人从1998年初开始,在教学工作和编辑工作繁忙的情况下,开始查阅、收集、整理文献资料。他们利用一切可以利用的时间,在图书馆查阅资料,常常一坐就是半天,数九寒天冷气逼人,三伏酷暑汗流浃背,从不停息。面对众多的书刊,那时候也没有现在查找资料的方便条件,要想从多如牛毛一般的书海中寻找到有用的资料,犹如大海捞针。有

---

① 宋应离:《宋应离出版文丛》,河南大学出版社,2013,第444页。

时候在图书馆待上四五个小时,翻阅几十本书刊,也没有找到一条有用的东西。但一旦有新的发现,他们就好像出海的渔民在大海中捕捉到珍贵的珠贝一样,分外喜悦。

据宋应离回忆,2000年冬天的一个早上,窗外下着鹅毛大雪,他很早便起床不顾风雪前往河南大学图书馆查找资料。那天下的雪有十几厘米厚,地板也很滑,从河南大学逸夫图书馆东门进入的时候,宋应离一不小心就滑倒在了地上,摔了个面朝天,一下子失去知觉,在地板上停了两分钟才醒来。从雪地上爬起来,他又进了图书馆继续查阅工作。

同年8月他到北京访问出版家戴文葆,并听取他对编撰这本书的意见,顺便到首都图书馆查找材料。刚从戴文葆家出来,地上的碎石他也没有注意,就被绊倒在地,起来后脚面和小腿酸痛难忍,他就只能忍痛步行前往到北京朝阳区医院做检查,经医院检查确定为轻微骨折。当天他在附近的一家招待所住了一天,第二天一早就带伤从北京回到开封。他说:"学术研究是一件艰苦细致的工作,而且常常不被人理解。有句话叫'黄连树下弹琴,苦中作乐',真是很好地形容学术这件事。摔倒两次,身体受伤,在一般人看起来是何必呢,但是我感觉到做这个工作做点贡献还是值得的,心满意足,没有任何抱怨。"

整部书的编辑整理工作仅仅依靠宋应离和袁喜生、刘小敏三人是不够的。在编撰开始,宋应离等编者团队对编撰中的有关问题广泛征求了有关专家的意见,著名编辑出版家戴文葆、王仿子、吴道弘、方厚枢等,对他们选编的出版人物的名单、编辑体例、资料的选取,都提出了明确的指导意见。

第九章 收集编撰出版史料,服务教学,服务出版

2003年1月24日方厚枢给宋应离写信,并对其编纂工作提出支持和建议,内容如下:

你在教学工作之余,拟进行《20世纪中国著名编辑出版家研究》的课题。从来信所述的各项设想,已经过深思熟虑,我看后认为都不错,感到这是一项有意义的巨大工程,如果得以实现,对于出版界将是一项贡献。

据我过去接触到的图书资料情况回忆,类似的情况,好像我国社会科学界有人做过。对于编辑人员的研究,则人数较少,其中对鲁迅、茅盾、巴金、郑振铎,以及张元济等的研究资料较多,但大多偏重于人物生平业绩的介绍。现在你的课题扩大到20世纪的编辑人员,还无人做过。对此事我只能提出一点不成熟的意见供你参考:

1. 课题名称就用《20世纪中国著名编辑出版家研究》,因为时间范围表达得都很清楚。

2. 哪些人物入选,目前倒不需马上确定,将来要视收集的资料内容如何再逐步修改、增补而定。

3. 收集资料的范围抓住"著名编辑出版家研究",不论其官有多大,或遭遇过多少挫折,只着重选其在编辑出版工作上有过重要贡献的人物(包括图书、期刊编辑)。

4. 对于十分著名的人物有的已有专著研究出版,能否采取摘要形式,选其精华部分加以编选,否则本书篇幅过于庞大。但对于某些内部出版或现今不易见到的资料则不妨适当多搞一些,以便利读者研究的需要。

5. 对人物研究的论著索引不妨尽量多收以便于有志于

研究的读者检索，作进一步研究之用。

总之，按照你的设想，围绕"总结规律、借鉴历史、树立典范、指导当今、教育后人"的20字方针来做就很好，这20个字说来容易，要完全实现，难度也很大。相信你能够很好地完成这一巨大工程。①

2003年2月4日出版家王仿子也致信宋应离，对其编纂该书及人物选取提出建议：

编写一本20世纪著名出版家研究的书的打算，我赞成。有关这些出版家的史料，已有不少，可惜的是散在各个时期各种报刊上，成书的不多，所以收集起来比较费劲。这件工作必须抓紧，分秒必争。因为身历过上世纪三四十年代出版工作的人和熟悉那个时期出版业情况的人不多了，每年都要走掉几个。这是说，在您编写过程中可以征求意见的对象正在减少。

希望先有一个名单，在征求意见中加加减减，最后确定50人。这个名单，可以从《中国大百科全书》的《出版卷》、上海辞书出版社的《出版辞典》和去年出版的《上海出版志》中挑选（北京的出版志好像尚未出版）。有了一个初步名单，就可以有针对性地收集史料。

这50人，包括不包括印刷界人士，是一个可以讨论的问题。广义的出版，包括出版（编辑）发行和印刷，所以《上

---

① 方厚枢：《方厚枢致宋应离》，载宋应离：《宋应离出版文丛》，河南大学出版社，2013，第500-501页。

海出版志》的人物包括印刷业的知名人士。选50人是精选这个角度说,不能太广,似乎也可以不包括印刷。顺便说说这个问题。①

除了听取专家意见以外,宋应离团队还广泛听取作者家属及作者朋友的意见。当入选名单选取的文章确定以后,2005年初,他们向400多位作者的家属、朋友发出了入选征求意见函。在短短的时间内,收到了近百个传主家属及有关作者的来信。这些信一方面表达了对宋应离等编纂本书的热情支持,另一方面也对入选论著提出了修改或调整意见。

著名出版家丁景唐、穆欣、曾彦修、张元济之孙张人凤等人,在信中对入选的专著提出了正式意见,有的还寄来了新的补充材料或新的论著,有的推荐了新的入选人。2005年宋应离就曾收到臧克家先生夫人郑曼女士的来信,对书中部分事实性错误进行了指正,并邮寄四篇补选的文章,最终均收入该书。信中言:

> 敬悉你们在从事一项大工程——编辑出版十卷本大型文献集《20世纪中国著名编辑出版家研究资料汇辑》,拟选臧克家的一些文章,为了配合你们做好这项工作,我虽年老多病,在这大暑天,我还是尽全力去查找他12卷"全集"中有关这方面的文章,为你们补选了4篇,供你们参考;并按"克家全集"校对。你们从《臧克家散文小说选》中选用的

---

① 王仿子:《王仿子致宋应离》,载宋应离:《宋应离出版文丛》,河南大学出版社,2013,第498页。

《漫漫长夜终有明》(你们错为"终有时")、《避暑录话》与《星河》《一个理想的实践——四个半月副刊编辑的回味》(你们把"实践"错为"誓言"了),三篇文章,制出三页订正表,供你们改正用(请你务必改正,因为一是事实有误,一是该书错字较多),现将《鲁迅先生与编辑出版工作》选自《新华月报》,一般校对质量较高,不会有错,我未再校。现将补选的四篇文章复印件及订正表寄上,《我与诗刊》复印件,已于本月25日寄你们,想已收到。

你们开列的《伟大的教导,深沉的怀念》《陈毅同志与诗》二文,我觉得主要是读诗,以及抒发臧老对这两位伟人的怀念之情,文中涉及《诗刊》的,在《我与〈诗刊〉》一文中都已提及,似可不用,请酌……①

经过7年多的努力,这套书方始告成。全书收入了20世纪不同历史时期的已故的编辑出版家54人。每个人物首列编者撰写的一篇千字左右的小传,配上传主个人照片,之后研究资料按照本人著述、亲属回忆、研究著作三类依次编排。限于篇幅该书不能将全部资料都收录进书中,只能收集一些代表性的著作。为了以后研究者的方便,该书还有存目列于研究论著之后,以备以后的研究者检索。全书分10卷,425万字,于2005年9月由河南大学出版社出版,后来又加了2卷,于2016年出版,共计500多万字。共收录500位作者的文章共计643篇,存目1744条。

---

① 郑曼:《郑曼致宋应离》,载宋应离:《宋应离出版文丛》,河南大学出版社,2013,第503页。

第九章 收集编撰出版史料，服务教学，服务出版

这套书一经出版，立即受到教学单位和出版工作者的好评。有关消息、书评文章频频见诸报端或一些权威性的专业期刊。2006年该书获得河南省优秀图书一等奖，2007年作为中国编辑学会首批立项科研课题之一，获得优秀成果二等奖。中宣部出版局原副局长、中国出版科学研究所所长袁亮评价这部著作："具有很高的史料价值和学术价值。其规模之大、收罗之广、内容之丰富、编撰之精当、评价之科学，都是在同类著作中所罕见的，在许多方面超过同类著作的。""《汇辑》给每一位代表人物，撰写了一篇简单明晰、史实确凿、评价公允、是非分明的传略……这种传略，不是随意写的，而是在研究传主有关史料的基础上形成的，是学术研究成果。""《汇辑》对每一位代表人物收集和选登的历史资料，分为四部分：第一，传主本人写的与编辑出版工作有关文字或生平自述；第二，传主亲属写的回忆录；第三，友人和研究者写的回忆或评论；第四，与主题有密切关系的史料存目，包括专著和文章。这些史料，是从近现代或当代公开出版的数千种图书、报纸和刊物中查找、精选出来的。其难度之大可想而知。不仅要有非常的细心和耐心，而且要掌握选择的标准的尺度，编纂工作也是创造性的劳动。"[1]

2006年1月14日商务印书馆的老编辑、著名出版史研究专家汪家熔在致宋应离的信中这样评价道："尊编《20世纪中国著名编辑出版家研究资料汇辑》的面世，对培养编辑和出版史研

---

[1] 袁亮：《20世纪中国著名编辑出版家研究的史料建设》，《出版史料》2008年第2期。

究的后备必有大裨益。兹如此大工夫必有社会回报赞赏,必对出版史研究起推动。尊编《20世纪中国著名编辑出版家研究资料汇辑》对资料编纂等也颇有新贡献:每位编辑出版家首先有一言简意赅的介绍,然后是他们的自我介绍文字,再身边人的介绍,再研究者的介绍,由近而远;特别最后是用存目,即使每位的史料维持在一定分量,又给不满足者一个进一步查找的线索。我编《中国出版史料近代部分》时,虽然按专题收集和排比资料,如果学你的办法,在每个专题的材料面前加一简单介绍,对于对读专题陌生的读者应该说有一定帮助。"[①]

2007年浙江传媒学院吴潮教授发表评论性文章评价该书,认为"《资料汇辑》这种全景全貌式的资料收录体现出了一种无偏无党的历史观和学术观。这表现在以下两个方面:其一,《资料汇辑》对所选资料,除了进行一些规范化的'技术性处理,其他则一仍其旧,以尽量保持其历史原貌'。这种做法是非常值得称道的","《资料汇辑》这种原汁原味的收录与保留益发让人感觉到对于学术研究的珍贵性,它能够让研究者更为真实地感受到被研究者在不同历史环境和时代背景中的思想与作为","《资料汇辑》通过本人著述、亲属回忆、研究著作这三大板块,全景观地勾勒了现当代中国编辑出版家的成长和创业之路,展示了社会氛围、时代熏染、文学禀赋、创业历练是如何有机地交织在一起,成就了一个个优秀的出版家、编辑家。……《资料汇辑》为我们提供了使中国

[①] 汪家熔:《汪家熔致宋应离》,载宋应离:《宋应离出版文丛》,河南大学出版社,2013,第499页。

特色的出版圣火能够代代传承的真实记忆"①。

　　站在学科史的角度上,青年学者段乐川这样评价该书:"这部书的出版,对于我国出版史料学的建构也有很大意义。一方面,它以本人著述、亲属回忆和研究著作体例的形式,多方面、多角度、生动真实地汇集了我国现代著名出版人物的出版事迹和精神风范;另一方面,别具匠心地将研究者的研究资料悉数收录,以存目的形式整理出来,基本形成了一个人物资料的研究索引,具有难能可贵的工具书性质。更重要的是,这部书还开创了以人物为主体来进行出版史料收集的编辑范式。与此同时,这部书提出的'20世纪中国著名编辑出版家'的'20世纪'时间概念,在编辑学研究中具有首倡价值,较之《中国当代出版史料》一书,20世纪中国出版史时间概念的提出,说明宋应离先生在编辑学界最先注意到打破近、现、当代出版史研究的界限,力争在更大的历史时段的开展出版史的研究的重要性、必要性和可能性。这对于之后出版学界进行的中国出版现代史和中国出版通史研究有着重要的启发价值。"②

　　时至今日,该书已经出版12辑,成为出版史研究者绕不开的出版史料集,被不断地引用,其中提供的书目索引,为研究者从事出版人物研究提供了可以参考的资料,它在中国出版学学科史上的基础地位不言而喻。

---

　　① 吴潮:《全景全貌　无偏无党　积功积德——评〈20世纪中国著名编辑出版家研究资料汇辑〉》,《中国编辑》2007年第1期。
　　② 段乐川:《论宋应离的编辑出版史学研究及其成就》,《河南大学学报(社会科学版)》2014年第54卷第2期。

(三)倾力支持《河南新文学大系》的编辑出版

在担任河南大学出版社社长期间,宋应离狠抓精品图书出版,河南大学出版社较早编辑出版了我国第一个省级新文学大系——《河南新文学大系》。该书由原新闻出版署署长于友先(时任河南省委宣传部部长)任主编,著名作家、文艺理论家孙广举任副总主编,由河南省高校、科研、出版部门30多位专家学者参与,历经6个寒暑,于1996年12月由河南大学出版社正式出版,作为社长的宋应离为该书的出版呕心沥血。

该书全面反映和集中展示了河南新文学70余年发展历程与创作、研究成果的系列丛书,被誉为"聚70余年河南新文学之光""是河南70余年新文学发展规律的揭示与总结""是对河南新文学成就的一次总检阅""是河南人民思想精神形象的塑造"。[1]作为一项大型的世纪性、基础性文化积累建设工程,该书不仅是众多专家学者精心构建的精品工程成果,对于宋应离及河南大学出版社来说,也是一次大胆的尝试。

关于《河南新文学大系》(以下简称《大系》)的出版缘起,宋应离回忆:"早在1991年之前,河南省文学界、文艺理论界就萌生了在20世纪末对河南新文学发展进行一次全面的、历史性的、总结的构想。这样的构想,是河南文学界,特别是老一代文学家盼望已久的意愿。这个想法很快得到了时任河南省委宣传部部长于友先的大力支持。"作为总主编的于友先在为《大系》

---

[1] 宋应离:《宋应离出版文丛》,河南大学出版社,2013,第434页。

撰写的总序中,这样谈起该书的编纂缘起:"河南省的新文学,是我国新文学事业的一个重要组成部分。它在艰难曲折中发展壮大,取得了无愧于我们这个时代的成就,是河南乃至全国现代社会生活的生动见证,是现代河南人民精神风貌、文化性格、生命状态和风俗习惯的艺术记录和真实反映。它从一个新的时代高度,丰富和发展了我省的本土文化传统,推动了社会生活的变革和进步。但是,长期以来,由于战争、灾荒和动乱的影响,我省新文学有关史料散佚严重,系统的收集、整理、研究、总结工作迄未进行;加之,河南文坛的一批老作家年事日高,史料的挖掘更是刻不容缓。为此,当本世纪的最后十年到来的时候,编纂《河南新文学大系》,以对河南新文学的发展进行一番认真的总结,从而对辛勤开拓的前辈有所交代,对正在奋进的今人有所启示,也给翘首以盼的后人留下一份完整的遗产;同时,这也是进行省情和国情调查研究的一个不可或缺的部分,是制定当前和今后的社会文化发展战略的一个重要的文化参照。"①

经过一段时间的酝酿与构思论证,这一出版工程被列入河南省"八五"社科规划重点项目,并很快组建了以于友先为总主编,有关文学界、理论界、学术界专家组成的编纂委员会,负责《大系》的全面编纂工作。在酝酿和构思论证的过程中,围绕《大系》,相关专家学者达成了共识,他们一方面认为这项工作刻不容缓,要站在时代高度,用历史的眼光、艺术的眼光对河南

---

① 于友先:《河南新文学大系·总序》,载孙广举主编《河南新文学大系·理论批评卷》,河南大学出版社,1996,"总序"第1-2页。

新文学的发展进行一次科学的总结;另一方面也认为编纂该书从文化思想、精神文明建设的需要出发,在放开眼界研究国内外的文学发展状况的同时,也应对本地文学发展规律的研究给予关注,这样做有利于激励人们热爱祖国、热爱家乡的思想感情,增强人们团结奋进、振兴河南的自信心与自豪感。因此他们深感这是一项光荣的使命,是时代需要的一个紧迫任务。

为了完成这项巨大的工程,编委会在20多位作家、理论家的支持下,分别组成理论批评、短篇小说(一、二)、中篇小说、诗歌、散文、戏剧文学、儿童文学、通俗文学、史料等几个编辑组分别进行编辑工作。包括宋应离在内的编委会也进行了多次讨论,明确该书编纂的指导思想。最终,大家一致认为《大系》的编写工作,要以马克思主义、毛泽东思想、邓小平理论为指导,以河南新文学发展的历史轨迹为背景,以作家作品为研究对象,坚持思想内容与艺术形式的统一,既尊重历史原貌,又体现时代精神;既要对历史负责,又要对未来负责;既要有历史文献价值,又要有艺术价值。

确定了编委会分工及编纂指导思想后,这项工作在1991年就开始了。为了收集河南作家作品及珍贵资料,《大系》编纂委员会及河南大学出版社首先便开始向有关作家和家属发出信函,开展资料收集工作。据不完全统计,该书先后向当时健在的作家和已经去世的作家的家属发出500多封征集资料信函,信函发出后得到了广大作家、理论家的热情支持,短时间内就征集了大量作品和珍贵资料,为《大系》的编辑工作奠定了良好基础。

在收集到大量作品及珍贵资料的基础上,该书的各个编辑组依据编纂指导思想对这些作品和资料进行了精心筛选。他们按照河南籍和长期在河南生活创作的外省籍作家的要求选取作家,在这些作家自1917年至1990年公开发表(出版)的新文学作品中遴选。不仅坚持指导思想,力求思想内容与艺术形式的完美统一,而且兼顾题材、风格、流派、社团的广泛代表性。

在具体作品选择及编辑中,尽量以初次发表的版本为准,最初版本实在找不到的,则以最接近原貌的后出版本为依据;在编辑加工过程中,除订正明显的文字、标点讹错外,对原作一般不做改动;在现代白话文发展成熟过程中,曾经出现过的与现行语言文字规范不尽一致之处,亦一扔其旧等原则,开展编纂工作。这项编纂工作历时6年,选收了河南省自1917年到1990年间300余位文学家的作品。最终形成9卷10册共500万言的皇皇巨著,各卷所收作家、作品均按照时间先后顺序编排。于1996年12月由河南大学出版社出版。

《大系》出版后,不仅在河南文艺界、出版界引起强烈反响,也受到在京的有关人士的关注。为了进一步听取在京有关专家的意见,改进出版工作,1997年6月18日上午,在北京召开了围绕该书的专家座谈会,听取各方专家意见。当时参加座谈会的有国家新闻出版署的领导,教育部、河南省新闻出版局、河南大学的领导,以及在京的有关专家30多人。

1997年6月18日,在北京召开《河南新文学大系》座谈会

座谈会上领导及专家交谈照一

(左起:戴文葆、于友先、魏巍)

第九章 收集编撰出版史料，服务教学，服务出版

座谈会上领导及专家交谈照二

作为《大系》的总主编，此时于友先已经调任国家新闻出版署担任署长，但作为该书的总主编，他在百忙之中出席这次座谈会。在会上，于友先以编者的身份回顾六年前关于编纂《大系》的指导思想及意义。同时他也鼓励在场的专家、学者各抒己见，对《大系》编纂中"作家作品选得当不当，编得好不好，论得公允不公允"等问题，提出自己的看法。

该书顾问，入选作者之一的魏巍同志，当天一大早就从北京西山八大处赶来参加座谈会。作为曾经写出了《谁是最可爱的人》，在全国引起了广泛反响的河南籍作家，魏巍在会上兴奋地说："我首先向河南大学出版社出版《河南新文学大系》表示祝贺。这是一项巨大的文化建设工程。不说是创举，起码也是在这方面走在前列。作为一个故乡人，看了这部书很高兴。一家大学出版社，在资金、人力有限的情况下，在不长时间内能出这样的书，功德无量。"接着，魏巍同志从文化发展的角度谈到了文化积累的重

要性。他说:"文化工作是一种创造性的工作,也是一个不断积累的过程。光创造,不积累,就会都丢光了。文化积累越多越丰厚,人民性越强,价值就越高。"魏巍同志又从五四以来新文化的发展对战胜旧文化的作用谈到文化建设的重要性,他深有感触地说:"《河南新文学大系》的一些作品,对当时中原人民的苦难生活作了真实生动的描写,一些情景活生生地表现出来了,读了很亲切,很受教育,这些东西是历史书上找不到的。"

刚从云南开会返京的该书顾问李凖,不顾旅途的劳顿赶来参加座谈会。他说:"看了《大系》这部书很高兴。我还得仔细阅读。我这一生,得益于从前辈那里吸收了不少有益的思想文化营养,看了这部书,是对我营养的第二次补充。在作家创作与作品上,河南有多大个家当,我总想揭开这个谜。"

接着李凖从黄河与河南作家的关系谈到河南人的性格及作家的优势与缺陷;从河南古今文化发展的对比中,提出了既要看到自己的长处,又要看到别的地区文化的先进性。他深刻地说:"我们要戒骄戒躁。戒骄容易而戒躁很难。"孙广举在回忆李凖参加这次座谈会的情形时曾言,"一见面,我还没坐下,他就说:《河南新文学大系》编得不错,很有价值,使我得到了一个重新检点家底、重新学习和思考的机会。"可见这位中国知名作家对该书的肯定。

《大系》顾问、88岁高龄的老作家姚雪垠先生也一直关注着该书的出版。在前往北京召开座谈会之前,宋应离和河南大学出版社总编辑管金麟、编辑袁喜生三人曾专门去看望姚雪垠。彼时的姚雪垠先生因病刚出院不久,但他精神矍铄,满面红光,两眼炯炯有神。

宋应离与管金麟、袁喜生一起拜访姚雪垠

据宋应离回忆:"当我们向他汇报了《大系》的出版情况时,他频频点头表示祝贺。他得知这部书耗资较多、克服困难终于出版时,连声说:'有气魄,可敬。'他很想去参加这个座谈会,但由于健康的原因,他惋惜地说:'可惜我身体不好,不能出席这次座谈会。'他让我们转达他对大家的祝愿。"几乎同时,宋应离一行又看望了本书顾问、新华社原社长穆青同志。正在繁忙中的穆青接过书后,连声说:"出这种书很不容易,我一定仔细看看。"

刚刚从日本讲学回国的北京大学董学文教授在座谈会上谈了自己的卓见。他赞扬《大系》是对河南新文学发展历史规律的总结,是河南新文学发展的路标。他说:"编写《大系》的目的很明确,就是为了繁荣文学事业,推动文学创作。《大系》的价值在于它是对一个地方本世纪文学发展成就的一个检阅,是对新文学发展规律及特点的揭示。这样做,就不会使新文学的发展产生断层、断裂,从文学发展史的意义上讲这一点很重要。"接着他谈到日本人在学术研究上很重视信息收集与资料积累。他讲到在读了《大系》之后还不解渴,就是说《大系》在资料的挖掘和资料的堆砌上还有很多工作要做进一步开拓,要研究的空间还很广阔。他说:"我这里所说的'堆砌'二字并没有丝毫的贬义。从创造与积累的角度上说,堆砌没有什么不好,犹如一个家庭的家当,就是靠一点一滴地积攒起来的。我们做研究工作,就是要靠对大量资料的积累。如果说是堆砌,今天我们对资料的挖掘堆砌得还不够。"

董学文教授建议,为了扩大《大系》的影响,编纂者、出版者要多做点"膨胀"工作。为便于广大读者阅读,可以出些普及本及其他形式的版本,使《大系》产生更广泛的社会影响。[①]

《大系》出版之时,正值毛泽东《在延安文艺座谈会上的讲话》发表55周年。为了以实际行动纪念讲话,在河南省委宣传部支持下,1997年5月8日在郑州召开了"《在延安文艺座谈会上的讲话》发表55周年暨《河南新文学大系》出版座谈会",河南省相关领导、省会文艺界、出版界80余人出席座谈会,听取意见。老作家、新作家很多同志从多方面多角度论述了《大系》出版的意义。会后《河南日报》、河南电视台、《河南新闻出版报》均在显著位置或黄金时间段做了报道。《大系》出版两个月之内,中央和地方报刊发表消息、书评、文章20多篇,引起社会的强烈反响。

于友先在回忆《大系》的策划出版时曾提道:"我也参与了河南大学出版社《河南新文学大系》丛书的策划出版工作。20

[①] 宋应离:《宋应离出版文丛》,河南大学出版社,2013,第434-439页。

世纪 70 年代末,河南省文学界的老同志多次酝酿编一部自 1917 年至 1990 年反映河南新文学发展的、具有地方特色的《河南新文学大系》,这一构想受到省委宣传部的重视。我们认为,在世纪之末,对河南 70 年文学发展的历程作一总结,对发扬中华民族的优秀文化传统,对增强河南人民的自信心,对了解河南省情和经济文化社会发展情况,对河南文学、文化走向全国都有重要意义。于是,1991 年 9 月,河南省委宣传部、省社科院文学研究所、省文联、河南大学文学院有关专家,联合召开《河南新文学大系》选题论证会,一致认为这是一项有眼光、有远见的重大文化建设工程,应立即上马。为了落实这项工程的实施,当年 11 月,除上述几个单位,又邀请河南大学出版社的领导和编辑,再一次召开了座谈会,进一步讨论本书的框架、规模,并做了具体分工。河南大学出版社很有远见,踊跃承担了这一出版任务。历时 6 年,到 1997 年 5 月,一部反映河南本土作家及长期在河南生活的三百余位作家千余篇(部)9 卷 10 册 500 万字的《河南新文学大系》,终于由河南大学出版社出版了。"①

20 世纪 30 年代中国曾有赵家璧及其上海良友图书公司编辑出版的《中国新文学大系》,被誉为中国现代文学最早的大型选集,轰动文坛,影响一时。20 世纪末河南大学出版社编辑出版的《河南新文学大系》,作为我国第一个省级新文学大系,其价值不言而喻。1997 年该书荣获第三届国家图书奖提名奖,当

---

① 于友先:《百年河大 止于至善》,《河南大学学报(社会科学版)》2012 年第 6 期。

时全国荣获国家图书奖提名奖图书共71种,文学类图书仅10种。

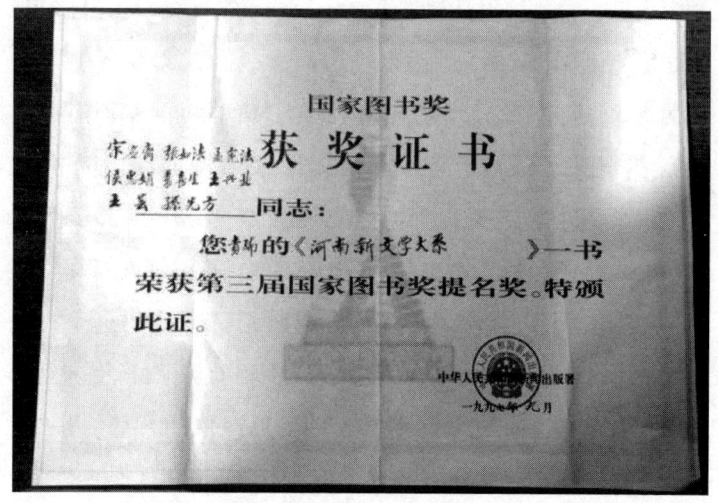

《河南新文学大系》荣获第三届国家图书奖提名奖

回忆起《大系》的编辑出版历程,担任责任编辑之一的宋应离坦言在该书的编辑出版中受益匪浅。他说《河南新文学大系》的出版给他很多启发:

一是做出版选题要新颖。还记得在座谈会上,人民出版社副总编辑吴道弘先生曾说:"选题有开创意义,不是跟着人家后边走,以一个地方编写《大系》起步较早,对全国来说这虽是个局部,但对整个新文学大系是个丰富、补充,有利于对整个新文学的研究。对于河南省来说出版《河南新文学大系》,虽然是个局部,但对研究全国整个的文学来说很有意义。"

二要讲究出版精品。对于《河南新文学大系》,正如吴道弘

第九章　收集编撰出版史料，服务教学，服务出版

所讲的该书整体感强，全书有总序，分册有导言，不仅有史料的眼光、历史的眼光，也有理论深度，从内容与形式的结合上表现了很强的总体性；全书印制设计精良，校对把关很严，具有很强的精品意识。从选题到编校，以至封面设计、装帧印制，都讲究精益求精，在今天也尤为可贵。

三是出版工作要抓准时机，克服困难。《大系》在讨论出版时，我那时候已经从出版社退休了。我一方面参加了本书的策划研究，另一方面还担任了其中理论卷的责任编辑。当时河南大学出版社经济实力还不算雄厚，出版这样一个大的工程存在很多困难，尤其是经济上有很多困难，当时是很犹豫的。我曾经将这个想法向总主编于友先表露过，于友先却鼓励我说不要怕困难，河南大学出版社还是有经济实力的，"没有金刚钻拿不了瓷器活"，你们有经济实力还是可以把这个项目拿下的。虽然投资会达几十万、上百万，而且出版这种图书对出版社来说不会赚钱，但这种书是有历史价值和社会效益的。我一听很兴奋，表示克服困难也要编辑出版好该书。

四是要转变观念，强化宣传。出版界虽然有种传统的说法，只要出好书，不怕没人买。但酒香也怕巷子深，出版社也要做好图书的宣传工作。好的图书出版后也要通过宣传让更多读者阅读，要利用报纸、广播电视等做好宣传工作，只有宣传做好了，才能有社会效益和经济效益。如果图书都积压在仓库，那该书的出版是没有效益可言的。"酒香不怕巷子深"是老观念，这种自我满足、自我安慰的封闭式的经营意识，不仅会严重制约了图书在市场上的销售，也会影响图书的影响力。著名作家雨果有句

名言"书籍的创造者是作者,而书籍命运的创造者却是社会"。一部书能不能在浩如烟海的图书市场上崭露头角,它的价值能否被读者了解,能不能获得较好的社会效益与经济效益,首先取决于图书的自身质量和较高的文化品位及实用价值。图书的自身功能和潜在价值并不是自发产生的,它需要借助一定的推动力即宣传手段,使广大读者接受认可,才能产生广泛的社会影响。有远见卓识的出版家,从来就把图书的宣传活动放到重要地位。鲁迅当年就曾为自己出版的丛书写广告。编辑家赵家璧,在20世纪30年代主编的《中国新文学大系》第一辑出版之际,就精心构思设计了该书的宣传样本。这个40页的样本,书前冠有由赵家璧本人撰写的《编辑中国新文学大系缘起》,接下来用两个版面,影印了蔡元培的《总序节要》手迹,又各用一页影印10位编选者的《编选感想》以及编选者的近影和各集内容简介。另外,还选登了当时冰心、叶圣陶、林语堂等人为该书出版说的几句话,作为对该书重要价值的评价。另外图书宣传是一项复杂、细致、政策性很强的工作,不能心血来潮就随意为之。必须深思熟虑,选好时机,把握机遇,对要宣传的图书要审慎选择。要充分考虑到图书的内容、特色、品位、读者对象、实际需求、市场状况等。注意寻求图书出版与社会公众兴趣的联结点。这个联结点既能展示图书的价值及出版社的个性,又能向社会公众提供欲知未知的信息及良好的出版物。只有图书的内容与读者实际需求相一致时,加以适时的宣传,才能最大限度调动读者的购书欲求,扩大图书的发行量。欲想达到图书宣传的良好效果,恰当地选择时机、注意社会发展形势和一定时期的社会风尚、舆论导向因素是至关重要的。

宋应离认为，出版工作是一份积累文化、传承文明、为人类社会做贡献的工作，虽然辛苦，他自己却乐在其中。对于编辑工作，他在这本书的编辑出版中也有独特的体会："人家说当编辑要有狐狸的嗅觉，八哥的灵巧，老牛的耐力。编辑对国家政治必须敏感，要有政治意识，出版要适应形势要求。做编辑还要会策划，会打扮，很灵巧。我是相信这个话的。我是很愚笨的人，但是我有耐力，天天学，就这样持之以恒，凭借不懈的耐力、顽强的毅力，这样就行了。另外做编辑也要有自豪感，要相信自己，克服困难，等努力做完一件事，回头望时的自豪感就会油然而生。"

(四) 助力出版学科建设，组织出版"编辑出版学丛书"

20世纪80年代，我国出版界兴起了编辑学研究的热潮，河南大学出现了一个热心研究编辑学的群体，宋应离、王振铎、张如法、李明山等就是这一群体中的重要成员，而宋应离尤为突出。他不论是1978年至1990年担任《河南大学学报》编辑部主任、主编，还是1990年10月至1994年7月担任河南大学出版社社长，他都在自己的岗位上推动出版理论研究，助力新兴学科建设。"编辑出版学丛书"就是宋应离献给编辑出版学学科建设的一份厚礼。

"编辑出版学丛书"由河南大学出版社出版，自1987年至2019年，该丛书出版达60多种(本或套)，规模宏大，不断推动着中国出版学学科发展。2009年国家教育部组织大学出版社评估组在河南大学出版社进行评估,一行专家们这样讲道:"一家实力不太强的大学出版社,不惜投入巨额资金,在 20 多年时间里出版了一套规模宏大的'编辑出版学丛书',用来推动编辑出版理论研究和新兴专业学科建设,这在全国大学出版社中是少见的。"这不仅是对河南大学出版社的评价,也是对宋应离等不断推动出版理论研究,助力编辑学学科建设的鼓励。

"编辑出版学丛书"的出版缘起,就是为了推动出版理论研究,助力新兴学科建设。中国的编辑活动历史悠久,但是将编辑作为一门学问对其进行研究,是 20 世纪 80 年代以后,伴随着我国出版社的繁衍发展而开始的。1983 年 6 月 6 日,中共中央、国务院发出《关于加强出版工作的决定》指出:"编辑工作是整个出版工作的中心环节,是政治性、思想性、科学性、专业性很强的工作,又是艰苦、细致的创造性劳动。编辑人员的政治思想水平和知识水平、业务能力的高低,直接影响着出版物的质量。"为了实现开创出版工作新局面的迫切需要,加强出版队伍,特别是编辑队伍的思想建设、组织建设和专业建设,培养一支革命化、年轻化、知识化、专业化的队伍,成为摆在国家面前的一个严重任务。同时其中还明确提出"加强出版印刷发行的科学研究工作""建立出版发行研究所""成立出版学院"的要求,这为出版事业、科研及教育等工作都提出了新的要求。伴随着国家层面对出版工作的重视,1983 年武汉大学设立最早的出版发行学专业。1984 年,在时任中共中央政治局委员胡乔木倡导下,南开大学、北京大学、复旦大学率先设立编辑学专业,并于次年开始招收本科生。这三所大学的办学实践为编辑学专业在其他高校的设立提供了经验。

河南大学出版社成立于1985年2月,作为河南省成立最早的综合性大学出版社,河南大学出版社根植于河南大学的学术沃土,也与河南大学编辑学专业发展相伴而生,繁荣与共。20世纪80年代开始,在《河南大学学报》编辑部就形成了一个闻名学界的学术研究群体,包括宋应离、王振铎、张如法、胡益祥、司锡明、李明山等人。这个群体以编辑学研究为长,尤其是在1985年后,宋应离在担任《河南大学学报》编辑部主任时,在学报上专门开辟了《学报编辑工作论坛》专栏(1988年改为《编辑学研究》),开展编辑学研究,这在全国编辑界成绩斐然。在编辑部及这个群体的熏陶下,《河南大学学报》编辑部的成员都自觉或者不自觉地开展起编辑学研究。在此情况下,1986年河南大学依托《河南大学学报》编辑部开始筹办招收编辑学硕士研究生,在开展编辑理论研究的基础上,开展编辑人才培养。

出版"编辑出版学丛书"基于以下考虑:一方面为了适应出版事业发展形势的需要,推动出版、编辑理论研究;一方面为了助力新兴学科建设,开展编辑人才培养工作,准备研究生所需教材。于是,以《河南大学学报》编辑部为研究基地,以编辑部编辑为主,专门建立了编辑学理论研究室。宋应离、王振铎等6位教授,除完成自己的编辑任务之外,每个人根据自身需要担任教学任务,编写相应的教材,开展相关编辑出版理论研究,这些教材及研究成果也成为"编辑出版学丛书"的雏形。正在这时,河南大学出版社成立,河南大学出版社本着"教材是关乎立德树人的百年大计,大学出版社为本校教学科研服务,为创建新兴学科服务"的宗旨,义不容辞担当使命,也开始组织有关专家有计划地编辑出版理论著作,即适合新兴学科建设的教材。

当时在学报编辑部有3位教授和3位副教授给研究生授课,宋应离是其中一位。而这些研究生教材的准备工作也耗费了两年有余,每写一篇文章,编辑部内就会在会议上探讨、修改。当时,由宋应离编写《中国大学学报简史》、王振铎编写《编辑学通论》、胡益祥执笔《中国编辑出版史》等。经过三四年的努力,到1990年前后,陆续出版了《中国大学学报研究》《中国大学学报简史》《编辑学通论》《编辑社会学》等7部适合教学的教材,初步满足了教学需要。

据1987年调至《河南大学学报》编辑部的李明山回忆,当时"《河南大学学报》编辑部的编辑学研究不是孤立的,而是带有辐射性特点。仅就河南大学校园内来说,编辑学研究立足《河南大学学报》编辑部,逐步辐射到了其他相关编辑出版机构,如出版社、《史学月刊》、《中学语文园地》等。记得张永江老师还写了一本《鲁迅与编辑》,学报编辑部的研究生李频撰写了《编辑家茅盾评传》。通过学报编辑部开展编辑学研究,进一步延伸到传播学研究。在学报编辑部建立编辑学研究室的基础上,学校又在文学馆设立了编辑学研究所,而且还在文学院建立了新闻传播系,最后发展成了新闻与传播学院。"[①]

就这样,宋应离等在几年内又陆续组织校内外专家编写有

---

① 李明山:《我与〈河南大学学报〉》,载史洪智编《笔墨春秋:我与〈河南大学学报〉》,河南大学出版社,2014,第143页。

关编辑学著作及教材,自 1987 年至 2005 年,河南大学出版社共出版"编辑出版学丛书"共 32 种。它们包括:《中国大学学报研究》(宋应离编)、《编辑学通论》(王振铎、司锡明主编)、《编辑社会学》(张如法著)、《中国古代编辑史论稿》(靳青万著)、《龙世辉的编辑生涯》(李频著)、《中国近代编辑家评传》(李明山著)、《鲁迅与编辑》(张永江著)、《影视编辑学》(张晓菲著)、《编辑家茅盾评传》(李频著)、《润物细无声:社科学报编辑家耕耘录》(潘国琪、胡梅娜主编)、《中国古代编辑家评传》(阎现章主编)、《汉英新闻 编辑 出版词汇》(王振铎、刘雪立、姜伟林、马涌聚编著)、《编辑的选择与组构》(张如法、杨清莲著)、《书刊计算机编排技术》(陈国剑、程庆主编)、《中国期刊发展史》(宋应离主编,朱联营、李明山副主编)、《大河出新图——全息透视〈大河报〉》(王振铎、曾兆军编)、《中国近代版权史》(李明山主编)、《编辑出版学》(张天定、郭奇主编)、《编辑心理论》(姬建敏著)、《20 世纪中国著名编辑家研究资料汇辑》(10 辑,宋应离、袁喜生、刘小敏编)等。2006 年为庆祝河南大学编辑出版学专业创建 20 周年,"编辑出版学丛书"又新增或再版 14 本书,包括《编辑学通论》(王振铎、司锡明主编)、《编辑社会学》(张如法著)、《影视编辑学》(张晓菲著)、《编辑家茅盾评传》(李频著)、《中国古代编辑家评传》(阎现章主编)、《中国近代编辑家评传》(李明山著)、《中国近代版权史》(李明山主编)、《中国期刊发展史》(宋应离主编)、《图书出版学》(张天定著)、《编辑心理论》(姬建敏著)、《图书评论学概论》(徐召勋主编)、《版权贸易基础》(李建伟、王志刚编著)、《数字编辑技术》(路振光编著)、《出版传播策划学概论》(阎现章著),另有《现代出版管理论》(朱建伟著)由大象出版社出版。① 2009 年中华人民共和国成立 60 周年的时候,丛书适时推出了宋应离等编的《亲历新中国出版六十年》。2014 年为了纪念《河南大学学报》创刊 80 周年,"编辑出版学丛书"再添 8 本,分别为《编辑出版教育研究》(姬建敏编)、《笔墨春秋——我与〈河南大学学报〉》(史洪智编)、《编辑出版史研究》(刘剑涛编)、《编辑学理论研究》(王华生主编,刘红芹副主编)、《编辑实务》(李建伟编)、《编辑主体研究》(焦薇缜编)、《高校学报与学术期刊研究》(韩顺友编)、《出版学》(王鹏飞编)。到 2019 年,"编辑出版学丛书"已达 60 多本。

从已经出版的图书来看,这套丛书的内容是多种多样,大体涵盖了以下几方面的内容。一是关于编辑出版理论研究的著作,如《图书编辑学》《编辑学与媒介创新》《出版:人学絮语》《编辑的选择与组构》《影视编辑学》《编辑心理论》等。二是有关编辑出版史方面的研究著作,如《中国古代编辑史论稿》《中国出版史话新编》《中国出版文化史研究书录(1985—2006 年)》《出版与近代文明》《中国近代版权史》《中国期刊发展史》《亲历新中国出版六十年》等。三是有关编辑人员、编辑出版人物的研究著作,如《中国古代编辑家评传》《中国近代编辑家评传》《鲁迅与编辑》《编辑家茅盾评传》《龙世辉的编辑生涯》《20 世纪中国著名编辑出版家研究资料汇辑》《润物细无声:社科学

---

① 姬建敏编《编辑出版教育研究》,河南大学出版社,2014,第 106 页。

报编辑家耕耘录》《献身新中国出版事业的出版家》等。四是编辑实务方面的内容,如《在文坛边缘上:编辑手记》《报刊编辑论丛》《选题策划的理论与实践》《编辑实践札记》《编辑务实》等。四个方面的内容,可以说涵盖了编辑出版理论的方方面面。

除了上面这些著作以外,还有关于书评方面的著作,如《百年书评史散论》《书评理念与实践》《图书评论学概论》等。这些图书有的是学术专著,有的是专业教材,有的侧重实用,为研究者提供了有益的参考。在丛书的出版中,宋应离注重突出图书的特色,进行创新。在考虑是否出版一部著作时,他们主要关注该著作是否提出了新观点、新见解,是否提出新的证据、新的材料,在选题上是否有新的角度、新的思想。从已出版的丛书来看,广受读者好评。

这些著作的出版引起了出版界的重视。人民出版社的资深编辑、教授、著名编辑出版家戴文葆评价河南大学编辑所研究及出版工作中说道:"河南大学最早招收了编辑学研究生,学报常常发表编辑学论文,河南大学的老师们在切实进行研究。河南大学出版社不断出版他们的研究成果,引起各方面注意,在编辑学研究方面真正做出了成绩。"中国青年出版社的总编辑阙道隆在一封信中这样说:"河南大学积极支持编辑学研究和编辑学著作的出版,有胆识,有气派,令人钦佩。"他们都对河南大学出版社的编辑出版学研究、出版编辑出版学著作给予高度评价。

青年学者李频是河南大学招收的第一届编辑学硕士研究生,他撰写的《龙世辉的编辑生涯》1992年10月出版。出版后,

《光明日报》《新闻出版报》《文艺报》《编辑之友》等十多家报刊先后报道这部书并进行了评论。《文艺报》1993年1月16日报道:"我国第一部文学编辑家评传《龙世辉的编辑生涯》,最近由河南大学出版社出版。这本评传不仅提供了鲜为人知的资料,披露了若干名著的成熟过程,对于提醒人们重视编辑这个职业,理解编辑家的甘苦和他们对文学事业的重要贡献也是很有意义的。"

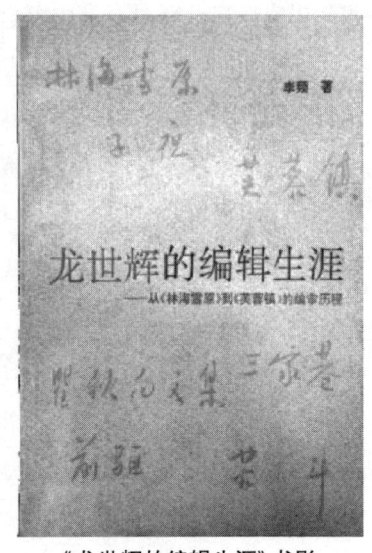

《龙世辉的编辑生涯》书影

为了宣传这本书,出版社在出书之后不久,在北京的新闻出版署办公楼召开了一个出版座谈会。北京有十多位出版家如戴文葆、林穗芳等出席座谈会并发言。新上任的出版署署长于友先莅会指导。中国编辑学会常务副会长、中国出版科学研究所副所长邵益文在座谈会上说:"这本书(《龙世辉的编辑生涯》)的出版可以说是拔了两个头筹。一是由他人为一个普通编辑写'编辑生涯',这是一种首创。……二是已有写'编辑生涯'的书,大多是纪实性的,有理论色彩的很少,把具体的编辑工作和编辑学联系起来,特别是从编辑学的角度来考察具体的编辑工作,从具体的编辑实践升华为编辑学理论的著作,还没有见到过,李著大概也是第一本。"①

1993 年河南大学出版社在北京召开《龙世辉的编辑生涯》座谈会

书籍出版以后,李频接到不少读者来信,赞扬这本书。老诗人刘岚山在给作者的信中说:"外出归来后看到这样一本好书,连忙抛开正在阅读的《千古文字狱》而读起来,连续 3 天,我为这本 16 万字的中篇论著所感动,有好几次,我眼泪汪汪地读着,有一次我哭了。"②

据李频老师回忆:"宋老师对于我的学术生涯的第一本书,各方各面都倾注心血。书稿的选题受宋先生启发,书名标题我和宋先生反复斟酌,也多次出现不同意见。宋先生当时坚持主副标题一定要出现龙世辉,该书出版后对于编辑家研究、编辑学科建设的重要作用,也显示了宋先生当时坚持的深意。在新闻出版署召开的座谈会,一举扩大了河南大学出版社在全国的影

---

① 《〈龙世辉的编辑生涯〉座谈会纪要》,《河南大学学报(社会科学版)》1993 年第 5 期。

② 李频:《〈龙世辉的编辑生涯〉写作余墨》,《中国出版》1993 年第 9 期。

响,也坚定了宋先生推进'编辑学丛书'的信心。宋先生还为该书写了很多报道和书讯书评,比作为作者的我更为积极。我当时不理解。后来看到了'编辑学丛书'对于编辑家研究、编辑出版学科的重要影响力以及对于河大出版社声誉的塑造,才理解了宋先生以组织见长、以实干见长的独特魅力和贡献。"①

2022 年 5 月 26 日,李频等老师与作者在腾讯会议商讨书稿修改进程

1989 年 5 月,由河南大学教授张如法撰写的《编辑社会学》问世,立即受到出版界的好评。出版界称赞这本书是我国第一部探讨编辑社会关系,把编辑放在各种社会关系中进行开放式的考察和研究的著作。文学评论家、上海市新闻出版局的倪墨炎 1989 年 11 月 3 日写给张如法的信中说:"大著《编辑社会学》

---

① 2022 年 5 月 26 日作者与李频老师在腾讯会议商讨书稿谈话内容。

收到。粗粗拜读,感到内容很丰富。国内目前出版的几种编辑、出版方面的书,实用的、工艺性的比较多,像您这样的理论专著还是第一部,可敬可贺。"1990年,华亮认为张如法的《编辑社会学》是编辑学研究的一个重要的突破,他认为"近几年来,关于编辑学的研究有一个重要突破,那就是开始跳出编辑工艺的局限,把编辑活动作为一种社会文化活动进行宏观的考察"①。

河南大学编辑出版研究中心王建平教授对《编辑社会学》这样评价:"在这部著作中,他(指该书作者)从社会学角度出发,在借鉴心理学、传播学等学科理论的基础上,对编辑活动进行了全方位、立体式观察、考量,从而赋予了编辑学研究一种全新的理论视角和思想资源。"②

自1989年从《河南大学学报》编辑部到河南大学出版社担任社长,在走向新岗位的过程中,宋应离在做好本职图书出版事业的基础上,和社内其他领导不断推动出版编辑理论研究,助力新兴学科建设。已出版的"编辑出版学丛书"精品图书,在学术界、出版界及社会产生了重要反响。通过坚持正确的出版导向,打造精品图书的方式,这样的出版行为也使河南大学出版社的声誉得到了大的提升。

2009年12月19日在河南大学出版社在北京召开的一次出版座谈会上,中共中央宣传部出版局原局长许力以这样说:"河

---

① 华亮:《编辑学研究的一个重要突破——读〈编辑社会学〉》,《出版工作》1990年第8期。
② 王建平:《论张如法的编辑学研究》,《河南大学学报(社会科学版)》2021年第61卷第2期。

南大学出版社从1987年到现在出版的关于编辑出版方面、出版史方面的书籍排到了42种，可以说是一个很大的成果，对我们出版事业来说做出了重要贡献。"新闻出版署原副署长刘杲得知河南大学出版社出版"编辑出版学丛书"投入了大量资金，在经济上有些亏损时，他说："围绕编辑学专业建设推动编辑学研究，很值得。"

如今，"编辑出版学丛书"的出版已经走过了30多年的艰辛历程，回顾过去步履艰难，困难重重。作为出版社的领导者之一，宋应离能认清方向，担当使命，在前进道路上克服困难，乘势而上。他经常谈到，如果说"编辑出版学丛书"对出版理论的推动研究和编辑新型学科的建设起到了推动作用，那么几个因素共同促成了丛书的出版。首先是由于改革开放的大好形势，出版业繁荣的发展，为丛书出版提供了有利的大好时机。其次学校领导和出版社的领导给了人力、物力、财力的支持；出版界的有关专家如书评专家伍杰、徐召勋，出版史专家方厚枢，编辑家、文艺评论家刘锡诚，北大报刊编辑家龙协涛，华中师范大学出版史专家范军，都为这些书的出版提供了很多的稿源，丛书得到了校内外乃至全国专家学者的帮助和支持，这与他们的努力和帮助分不开。

自1990年10月至1994年7月，宋应离担任河南大学出版社社长的时间并不长，但他对河南大学出版社、河南大学编辑学研究、河南大学乃至全国编辑学学科建设做出了自己的贡献。4年的社长经历，也让宋应离对出版事业和出版工作有许多自己的思考，他总结道：

第九章 收集编撰出版史料，服务教学，服务出版

一是出版社要坚持正确导向，努力打造精品图书。在出版社期间，我的出版主张或者出版的原则就是多出好书，打造精品图书。所谓精品图书就是要思想精深、艺术精湛、制作精良。这就要求出版的图书在思想上是很精深的，艺术上是很精湛的，制作打磨上是很精良的。在多出好书的同时，要少出平庸书，坚决不出坏书。平庸书就是思想平淡无奇，内容不好不坏，读了对人没有什么启发，没有教育作用的图书。但平庸书的出版问题，却又是很多出版的通病，毕竟精品图书是很少的，全国每年出版图书几十万种，精品图书仅占不到10%。虽然平庸书有时候出版社不得不出，但是我的原则就是少出，压缩到最低限度。坏书是政治内容有问题的书、思想内容不健康的书、低级庸俗的书。作为一家出版社，坏书是不能出版的，这是底线。其实这样的经验归根到底就是要多出好书，少出平庸书，不出坏书。

二是要做好编辑队伍建设。天地间人为贵。社会上有多种资源，如物质资源、信息资源、人力资源，在这些资源中，人力资源最为可贵，人的因素决定一切。回望中国编辑出版史，可以看到，凡是被社会认可的出版社，都是有一大批优秀的编辑，例如商务印书馆、中华书局都是有很多著名编辑家在从事编辑工作，所以人的因素最重要。因此，办好一个出版社，首先必须有一支政治强、业务精、素质高的编辑人才队伍。对人才的培养、使用，我坚持主张政治上信任、工作上依靠、生活上关怀的原则，并发挥他们的积极性。为此在社内，我经常创造条件，鼓励编辑人员参与社会活动，参加学术会议，从而达到开阔视野、更新知识的效果。同时也主张通过举办研讨会的形式，使编辑人才通过交

流相互学习,相互促进。其次,我倡导编辑人员开展编辑理论研究。我认为一个编辑要具有充分的理论修养,在编辑工作中要有编辑理论指导实践,要做到编研结合,以研促编,通过编辑理论研究提高编辑实践和编辑能力。再次,编辑们要正确地对待职称问题,鼓励编辑们条件具备的时候及时申报职称。

三是要做好图书发行工作。出版好的图书和扩大图书的发行,是出版社工作的两翼,只有两翼取得双效,出版社才能够继续办好,走向兴旺。在河南大学出版社担任社长期间,我经常去社内发行科了解图书的发行情况。我认为一个出版社的发展要达到社会效益与经济效益的统一,而双效的达成都需要发行工作。如果不能做好发行工作,图书就不能畅销,不能到达读者手中,就无法产生社会效益。同时如果不能发行到读者手中,图书发行不出去,出版社也无法达到经济效益,不能保证出版工作的正常进行。作为一家大学出版社既要保证社内利益,同时也要向学校上交一定的利润,必须实现"双效"。为此,为了探索扩大图书发行的渠道,我曾亲自到平顶山、驻马店、信阳三个地市,访问教育部门和新华书店,听取他们对图书的需求意见。另外为了调动每个发行人员的积极性,社内采取"分片包干"的办法。我们将河南省18个地市进行分区,由社内发行人员分别包干,一个人管三四个地区,另外还到外省开展发行工作。当时经过实施这些新的措施,使河南大学出版社的发行工作得到了很大的提升,实现了效益的提升。[①]

---

① 2021年11月13日作者访谈宋应离先生内容。

第十章 一本书的背后

（一）向新中国成立60周年献礼
——《亲历新中国出版六十年》出版纪事

2009年，正值中华人民共和国成立60周年。由宋应离、刘小敏耗时近两年合编的《亲历新中国出版六十年》，由河南大学出版社出版。这本书是根据49位出版工作者的亲历、亲见、亲闻而撰写的回忆文字结集，历史地、客观地记录了中华人民共和国成立60周年来出版工作发展的光辉历史，描绘了中华人民共和国成立60周年来中国出版事业发展的轨迹。

关于为何编写这本书，据宋应离回忆主要有两点：一是2009年作为中华人民共和国成立60周年的重要时刻，全国各行各业都在以自己出色的工作成绩来迎接中华人民共和国成立60周年，河南大学出版社当然也不例外，就想通过编撰一本书纪念中华人民共和国成立60周年，献上河大出版社的一份礼物。二是在中华人民共和国成立60周年之际，中国社会已经发生了翻天覆地的变化，中国出版业的规模不断发展扩大，中国已成为备受瞩目的出版大国，出版业也已成为国民经济发展的重要组成部分，并在中国特色社会主义事业中发挥着越来越重要的作用。60年中国出版事业的巨大成就,有辉煌也有曲折,这当中既有许多成功的经验值得总结,也有不少沉痛的教训应该牢记。"总结经验,展示成绩,激励当今,开创未来",这也成为《亲历新中国出版六十年》一书编写的重要原因。

在这样的时代环境下,时任河南大学出版社社长的马小泉、总编辑张云鹏,在2008年4月就在社内成立了图书策划小

《亲历新中国出版六十年》书影

组,具体筹划该书的组织出版事宜,制定编辑计划,遴选撰稿作者,通过社内讨论并决定,由宋应离和刘小敏主要负责编撰这本书。

负责编撰这样一本书,本来就是宋应离等人多年的愿望,他们立马接下了这一任务。经过征求意见和反复思考,该书由原定《回忆新中国出版六十年》定名为《亲历新中国出版六十年》,并决定以著名出版家自身的体会、所见所闻、亲身体验和经历来总结新中国出版60年的变化,见证中华人民共和国成立60周年来在出版战线取得的伟大成就,并以此来表示出版工作者对新中国成立60周年的祝贺。

在该书的指导思想及大致内容确定之后,编者宋应离和刘小敏便进入了组稿的阶段。宋应离等根据平时的了解和初步的

调查，于2008年4月向北京、上海、江苏、江西、湖南、湖北、河南7个省市的55位有重要影响的出版界的老领导、老出版人、老编辑以及改革开放以来出版界涌现出的一些新时期的领军人物等发出了约稿信。信函发出不久，立刻得到这些老出版人、老编辑人等的积极响应。许多作者来信、来电表示努力相助，热情撰稿。

为了进一步沟通思想，交流信息，虚心听取意见，2008年5月至6月，宋应离、刘小敏又分别对上述7个省市的有关出版家等登门拜访，听取了35位作者的意见，表达殷切求稿的心情。在拜访求稿的过程中，许多老出版人、编辑人都表示，宣传新中国成立60周年的出版成就，作为出版人责无旁贷。特别让宋应离、刘小敏感动的是一些年事已高、身患疾病的老同志也表示尽力写作，如期交稿。

戴文葆是我国著名编辑家、出版家、首届"韬奋出版奖"获得者、"新中国60年百名优秀出版人物"。据宋应离回忆，有一次他和刘小敏到北京的人民出版社拜访戴文葆并向他约稿。80多岁的戴文葆先生因为身体原因躺在床上不能动弹，听说宋应离等来向他约稿，他就说："你们是公安局的吧？公安局来了我也不怕。"戴文葆为什么说这些话呢？因为他曾经被错划为"右派""反革命分子"，被下放至他的老家江苏省盐城县（今盐城市的盐都区）进行劳动改造，带病做推销员，所以他思想上很敏感，一听到宋应离等人去约稿，其在思想上就又回到了那个年代。宋应离、刘小敏向他反复说明来意，让戴文葆为该书撰稿，经过保姆向戴文葆传达意见，几经曲折，戴文葆最终答应为该书写一篇稿子,这就是后来出版时书中的《建国初期中央新闻出版机关中的消灭错误运动》一文。

后来,宋应离等又到北京方庄。当时的方庄聚居着一些北京的出版社的老领导、老专家,在这里他们相继拜访了中国大百科全书出版社原副总编辑金常政、中国大百科全书出版社编审黄鸿森等人。在金常政家里,宋应离等看到金常政正在用心地照顾患病的夫人,而这些护理工作需要花费金常政很大的精力。不过金先生见宋应离等人从千里之外来到北京亲自向他约稿,深为感动,他答应给该书写稿。

从金先生家出来,宋应离等又到附近的老出版家、著名辞书学家黄鸿森家里,向他约稿。老先生得知宋应离等人前来组稿,兴致很高,拿出刚刚出版不久的著作,送给他们阅读,还爽快地答应给该书写一篇稿子。

在北京期间,宋应离、刘小敏先后走访了著名的出版家、中宣部出版局原局长许力以,著名出版家、国家出版局研究室原副主任、中国出版科学研究所原副所长方厚枢,新闻出版署原副署长杨牧之,原中国出版科学研究所所长袁亮,著名出版家、曾任文化部出版事业管理局副局长、国家出版局办公室主任、中国出版工作者协会副主席的王仿子,中华书局的傅璇琮,人民出版社的吴道弘,人民文学出版社的何启治,等。在对20多位出版家的拜访中,宋、刘二人得到这些老出版家的支持和帮助,顺利完成了约稿任务。这也激励着宋、刘二人做好这本书的信心、紧迫感、责任感和使命感。

从北京回来不久,宋应离等人又前往上海、南京、长沙、武汉、郑州等地拜访老出版家。2008年5月,他们前往南京向江苏出版局的原局长高斯约稿。虽然高斯表示身患重病,但他精神还好。当他得知宋刘二人的来意之后,也很乐意为该书写稿。

在南京作了短暂的停留后,他们又匆忙地赶往上海,向上海辞书出版社社长巢峰约稿,但事件的进展往往并不像人们想象的那么容易。当他们走进上海辞书出版社时,被出版社传达室的门卫拦住了,门卫询问了他们的来意,却不让他们进去。来拜访必须事先约定好才能见面,但是由于宋、刘二人只顾匆匆赶路,哪知道这些规矩,被门卫拒之门外。据宋应离回忆:"我们当时住上海陕西路,在上海陕西路的北段来回走动,走来走去逗留了很久,后来又到出版社的门口,恰好碰到巢峰先生的司机,通过司机给我们巢峰的电话号码,这样我们才和巢峰先生取得了联系,这样我们才进入巢峰先生的办公室,向他约稿。"

当时的巢峰先生是《辞海》的总编辑。那时他正在聚精会神地修改《辞海》中的有关条目。宋应离见到巢峰第一句话就说:"您这么大年纪了,还干这个活啊?辞书很难啊。"巢峰笑着说:"你不也这么大岁数了吗?"经过了寒暄之后,宋应离等人说明来意,而巢峰也直截了当地答应给该书写稿,并送给宋、刘二人他已经出版的《出版论稿》一书。

在上海,宋、刘二人还去拜访文史学者、出版大家、曾任上海文艺出版社社长兼总编辑和党组书记的丁景唐先生。丁景唐先生当时已有80多岁高龄,宋应离等由丁景唐的女儿丁彦钊带往一个很不起眼的小胡同里,见到了丁景唐先生。当时的丁景唐先生身体很虚弱,正躺在床上休息,得知有人前来约稿,便很高兴地答应把过去写过的《纸墨伴我七十年》草稿修改后寄送给他们。

之后，宋应离等人又在上海停了两天，参观了邹韬奋纪念馆，又拜访雷群明等人并约稿后，便马不停蹄地乘车从上海前往湖南长沙，向著名的老出版家、知名的历史学家钟叔河先生约稿。钟叔河1979年调湖南人民出版社工作，1984年调任岳麓书社总编辑，编辑的《走向世界丛书》曾获"中国图书奖"、"全国首届古籍整理图书丛书奖"和"湖南省优秀图书特别奖"。据宋应离回忆："第一次见到钟叔河，一听说我们是来自河南大学出版社的，他很不在意。因为这种文人或者出版家，很多出版社、出版单位、作者都向他约稿，所以说他的'欠债'很多。我们再三向他说明，因为您是《走向世界丛书》的主编，希望您也给我们写一篇文章。我们向他说明来意之后，向他约稿，开始他不愿写；我们又说，您过去被划为'右派'以后，在湖南湘西劳改多年，这个遭遇很值得同情。我们说这些话，他听了之后很受感动。再三说，那好吧，我给你们写一篇，这就是后来的《关于〈走向世界丛书〉的重印》一文。"①

6月，宋应离等人又前往武汉拜访了湖北省出版局原局长蔡学俭，并请他为该书赐稿。当时的蔡学俭先生家住黄鹤楼附近，宋应离等人前往其家中拜访、约稿。因为是老朋友的关系，蔡先生很高兴很爽快应约宋应离的邀请，并谦虚地说：我写写看吧！两个多月后，蔡先生就将他撰写的一万多字的《我在50年

---

① 2021年12月04日作者访谈宋应离先生内容。

代的编辑工作》寄给了宋应离。

据宋应离介绍："我那时候也70多岁了,那时候为了给社里省钱,也不乘坐出租车,就直接走到上海滩大街等候作者接待我们。从长沙到武汉又到郑州,和几位作者商谈组稿的事情,都获得了支持。5天跑了5个省市,真是马不停蹄,行程速度之快,是我们过去所没有经历过的。"[①]

为了使编辑工作顺利进行,2009年4月,宋应离等又第二次登门访问作者,听取意见和了解稿件撰写进度。由于作者的热情支持配合,大部分稿件在2009年五六月间陆续收到。截至2009年8月,社里陆续收到49位作者的52篇文章。作者们交稿率之高,是过去组稿中所没有的。

由于作者众多,又来自不同的出版单位,稿件内容广泛,在已入选的52篇文章中,有的作者从宏观上全景式地展示了新中国60年的出版成就和经验;有的研究了"文革"时期的出版工作;有的对自己参与的重大出版工程进行了回顾与总结;有的对有代表性的出版机构的发展历程进行了追述,探索了出版业发展中带规律性的问题。另外还有关于期刊研究、著名编辑出版家个人编辑工作经历和经验的总结、印刷发行研究及编辑理论研究等文章,总之涉及出版工作的方方面面。

后经初步审读,共筛选出了49篇文章列入《亲历新中国出版六十年》一书当中。如今回头看,这些作者的素质高、层次高是稿件内容质量的保证。从书稿整体的内容质量看,49位作者

[①] 2021年12月04日作者访谈宋应离先生内容。

当中有教授、编审、研究员44人，享受国务院颁发的政府特殊津贴的有20人，其中获得"韬奋出版奖"的9人，有6位曾先后担任过新闻出版署、新闻出版总署的正副署长。作者当中年龄在70岁以上的36人，他们的文章既有真实性、文献性，又有较高的理论水平和创新性。

如中宣部出版局原局长许力以撰写的《共和国初年出版领域的发展图景》、人民出版社原副总编辑吴道弘先生撰写的《新中国马恩列斯著作翻译出版六十年》、原新闻出版总署副署长杨牧之先生撰写的《新中国古籍整理出版工作的回顾与展望》，均站在历史的时代高度，从宏观上就出版工作某一方面进行了梳理与总结，有较强的现实感和较强的史料价值。中国大百科全书出版社原副总编金常政先生，在题为《〈中国大百科全书〉之诞生》一文中，以自身的经历追述了有两万两千多名专家学者历时15年，历尽艰辛编纂出版的具有中华文化丰碑意义的74卷1.3亿字的《中国大百科全书》这一重大文化工程。其中表现出的"大百科精神"感人至深。巢峰在《〈辞海〉的编纂和修订》一文中，一方面回顾了70多年《辞海》编辑的艰难历程，另一方面记述了亲身经历的数次编纂修订《辞海》的经过，赞扬了编纂者本着对人民、对历史负责的态度，与时俱进，发扬"穷经据典溯根源，踏破铁鞋觅辞真"的一丝不苟、字斟句酌、严谨的"辞海精神"，表现了中国出版人高尚的敬业奉献精神境界，对后人有诸多启示。89岁高龄的出版家丁景唐撰写的《纸墨伴我七十年》、88岁的出版家、翻译家黄鸿森撰写的《译书·编书·写书——回顾我的六十年》，以亲切生动的笔法，描写抒发了大半个世纪以来投身出版事业、献身出版事业的高尚思想情怀。出版史家方厚枢撰写的《"文革"十年毛泽东著作毛泽东像出版工作的回忆》，记录了作者在"文革"特殊时期在毛泽东著作出版办公室工作时目睹的当时的具体情景，文中记录的史实均是第一手资料，鲜为人知，弥足珍贵，对研究"文革"时期出版史提供了难得的原始资料。

组稿及收稿完成后，该书的编辑出版工作就进入了"精心打磨，认真编校"阶段。图书的出版在一定意义上说是作者和编辑共同的劳动成果和智慧结晶。在出版过程中，作者是图书的主体性创造者，占主导地位；编辑是后续性或辅助性的劳动者。一本图书的质量首先取决于作者本人的文化水平的高低，但是最后定型的是编辑，这本书最后是什么样子，还要靠编辑的工作。编辑既要尊重作者的劳动，同时又不可忽视编辑在出版过程中的积极作用。编辑应该担负起对书稿进行选择、优化、提高传播效率的任务。

虽然《亲历新中国出版六十年》一书书稿的作者，都是出版业内人士，都有较高的思想理论水平，熟悉出版工作，又有较强的文字表达能力，所提供的文稿整体水平是比较好的。但由于种种原因，宋应离等人在编辑过程中发现书稿也还存在一些不容忽视的问题。一是人名、地名不准。由于时间相隔久远，有些文中出现有人名、地名的错误。二是引文、注释有误。有一些引文中文字、标点符号有多、漏、错现象；引文出处、书名、页码、出版时间等有差错，或因引文版本不同导致的错误。三是语法逻辑问题。有些语句不合语法逻辑。四是错字、别字时有出现。

五是照片不够清晰等。对上述问题，他们在编校过程中尽力给予甄别、核对和订正。

在该书的编辑过程中，宋应离等人从始至终坚持尊重作者的意见，但又对读者负责，对稿件从严要求。在审稿中，坚持逢疑必查，但又不逢疑必改。对有些拿不准的问题，哪怕是一个字词、一个标点、一个数字，都和作者多次进行电话联系，征求作者意见，决不妄自修改。有时作者将稿件寄来之后，随时又发现问题，就来信来电话提出修改要求。他们根据作者意见，逐条修改。事实证明，只有充分尊重作者，对一些细小问题加以字斟句酌才可以减少差错，有利于提高书稿质量。在编辑工作中为了精益求精，决不能图省事、怕麻烦。如有些作者在书稿中提供的个人照片不够清晰，印制效果不好，为了换取质量好的照片，有一次宋、刘二人在北京跑了六七个地方，终于拿到几张理想的作者照片，虽费时费力，但却保证书稿的质量。

校对是保证图书质量的一个重要环节，也是图书质量最后的一次把关。为了把差错减少到最低限度，在编校过程中，编校人员对80万字的书稿先后进行了5个校次，力争做到尽善尽美。据宋应离回忆："当时，我、刘小敏和张如法老师，我们几个人在一块，一篇一篇地抠。坐在家里两个下午，都校对过两三次了，我们最后又把校对中的疑点拿出来，重新校对，逐字逐句校对，校对了5次。"

《亲历新中国出版六十年》一书从策划到出版，历时近两年，在国家新闻出版总署领导和有关部门的大力支持下，该书得到了作者的热情配合，提供了高质量的文稿。同时，河南大学出版社内部积极协调编校、印制等方面的工作,其中多次开会听取编辑工作进展情况的汇报,再加上宋应离、刘小敏等人的认真编校,终于2009年10月正式出版,献礼中华人民共和国成立60周年。国家新闻出版总署署长柳斌杰特地为本书题字:"总结六十年出版经验,再创新时期伟大业绩,为《亲历新中国出版六十年》题。"中共中央宣传部出版局原局长许力以也为该书题字:"永远不能忘记先辈的艰辛创业。"

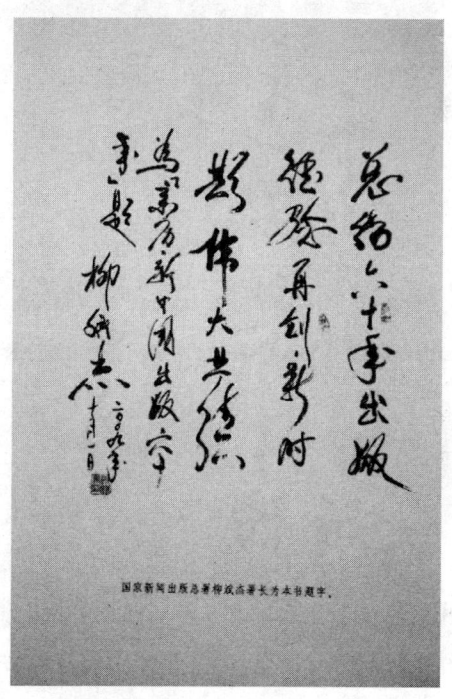

国家新闻出版总署署长柳斌杰为《亲历新中国出版六十年》题字

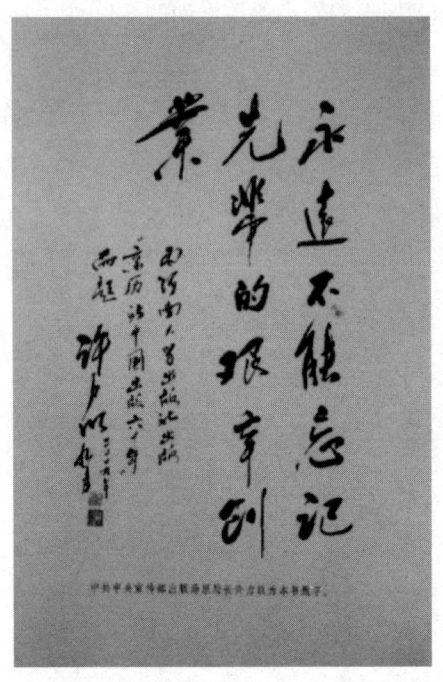

中共中央宣传部出版局原局长许力以为《亲历新中国出版六十年》题字

(二) 专家称赞,好评如潮

《亲历新中国出版六十年》出版后,为了听取专家意见,改进出版工作,2009年12月19号,围绕《亲历新中国出版六十年》一书的出版座谈会在北京召开。来自北京的专家学者、该书的作者等30多人出席座谈会,国家新闻出版署原署长、中国出版工作者协会原主席于友先,中国人民解放军后勤学院原政委王济生,人民出版社原总编辑张惠卿,中国大百科全书出版社原社长田胜立、原副总编辑金常政、编审黄鸿森,三联书店原总经理沈昌文,新华书店原副总经理郑士德,中华书局原副总编辑熊国祯,人民出版社的原副总编辑吴道弘,《人民文学》出版社的副总编辑何启治,《人民文学》原副总编辑崔道怡,科学出版社的原总编辑谈德颜,中国人口出版社原副总编辑马博华,新华书店北京发行所的副总经理王鼎吉,中国编辑学会原副会长邵益文,紫禁城出版社的编辑章宏伟,北京印刷学院的李频,《光明日报》所办《文摘报》的总编辑马宝珠,河南大学出版社社长马小泉,河南大学出版社总编辑张云鹏等均参加了此次座谈会。①

出席该书座谈会的为我国新闻出版界的老领导、知名学者,他们多为新中国出版的亲历者,有的还是书中文稿的作者,对本书的出版给予了高度评价。中共中央宣传部出版局原局长、著名出版家许力以说:"河南大学出版社从1987年到现在出版的关于编辑出版方面、出版史方面的书籍达到了42种。可以说,是很大的一个成果,对我们出版事业来说,做出了重要的贡献。在短短的时间里,一个大学的出版社,能够有这样大的一个贡献真是了不起。这个书是亲历60年,可以说从各个方面记载了我们建国60年以来不同历史的情况,照道理,这本书应该在北京出版,而不是在某一个省出版。像这本书(指《亲历新中国出版六十年》)在河南出版,对河南大学出版社来说,他们付出了很大的力量,从前言里和材料中都说明了这一点。花费的人力就不用说了。"许力以的讲话不仅肯定了《亲历新中国出版六十

---

① 《图书出版〈亲历新中国出版六十年〉一书出版座谈会在京举行》,柳斌杰、于友先、邬书林主编《中国出版年鉴》,中国出版年鉴社,2010,第94页。

年》一书出版的价值,更从一定程度上肯定了该书选题的前瞻性和价值。①

中共中央宣传部出版局副巡视员纪存双说,这本书的意义,对我们出版业的自身的文化建设,对我们业内事业的发展价值都是肯定的。因此,从某些方面来说,我们这部书的作者也好,编者也好,出版社也好,付出的是心血,对我们业界留下的是一笔宝贵的财富,也是我们今后出版事业发展的不可多得的一部很好的教科书。河南大学出版社把我们过去的历史,把新中国60年来出版业方方面面成功的经验和事例给我们留下了,对我们出版业的今后新的历史时期的新的发展必将产生很大的借鉴作用。②

新闻出版总署综合司司长余昌祥说,当前,纪念新中国成立60周年的出版作品也不少,包括我们出版60周年的也有一些,但我看今天我们座谈的这本——《亲历新中国出版六十年》,这个角度和其他的不一样。都是我们这些老前辈、我们出版业的管理者、实践者以自己的亲历、亲见来记述新中国成立60周年来出版发展的历程,也反映这60年发展过程中的艰难曲折。作者们在文章当中的一些体会和感受,我觉得实际上是我们出版业这60年发展的经验回顾和总结。这样一本书对于我们现在从事出版工作的同志,不管从事管理工作的还是直接从事出版

---

① 《图书出版〈亲历新中国出版六十年〉一书出版座谈会在京举行》,柳斌杰、于友先、邬书林主编《中国出版年鉴》,中国出版年鉴社,2010,第94页。
② 《图书出版〈亲历新中国出版六十年〉一书出版座谈会在京举行》,柳斌杰、于友先、邬书林主编《中国出版年鉴》,中国出版年鉴社,2010,第94页。

工作的同志,无疑都具有教育启迪的作用。它是一本内容非常厚重的书,这本书的编辑出版,反映了河南大学出版社在出版实践当中是首先把社会效益放在了首位。①

原中国出版科学研究所所长袁亮认为:"在这60年里出版了很多书,这本书是我喜欢的书之一。我认为这本书的内容很丰富,涉及出版各个方面,总结了60年来的成绩、经验和历史发展轨迹,都非常好。而且作者都是全国出版方面各条战线的,特别是很多是老同志写的,都很不容易的,都是谈他们的亲身经历。随着时间的推移,以后这种文章很难组织到了,因为有的人年纪大了,这个时候把它写出来可以说是非常宝贵的。所以我认为这本书对我们今后的出版工作有借鉴意义,也有启发意义,同时还有引导作用。"②

原中国出版科学研究所副所长方厚枢说:"第一点是这本书的选题好,选题动手早,这是在全国出版社里很少见的。出版社从去年年初,就成立了以社长、总编辑为首的策划小组,经过认真研究,制定了策划方案,提出了明确目标。第二点是选择的作者素质高,层次高。收录在书中的52篇文章,是来自全国各个出版单位的49位作者所写的。从名单中可以看出,大多是编辑出版界的老领导、老编辑和卓有成就的老出版工作者,他们既是新中国出版事业的见证人,又是新中国出版事业的参与者、贡

---

① 《图书出版〈亲历新中国出版六十年〉一书出版座谈会在京举行》,柳斌杰、于友先、邬书林主编《中国出版年鉴》,中国出版年鉴社,2010,第94-95页。
② 《图书出版〈亲历新中国出版六十年〉一书出版座谈会在京举行》,柳斌杰、于友先、邬书林主编《中国出版年鉴》,中国出版年鉴社,2010,第95页。

献者,他们中不少同志是在某些方面有突出成就的专家,并且有丰富的编辑经验,所以本书的文章内容有比较强的史料价值。第三,有了好的选题,物色到了合适的作者,写出了好文章,固然是保证书籍质量的重要因素,但是,要使书成为精品,也不能忽视编者在这本书编辑出版过程中的作用。本书的两位编者宋应离和刘小敏都是在编辑出版岗位上奋斗多年的老编辑了,他们在接受本书的编辑任务之后,我了解一些情况,从去年5月份起,就不辞辛苦地从北到南,对北京、上海等7个省市35位作者一一登门拜访,这在一般出版社约稿时是很少见到的。他们还和作者当面讲本书出版编辑的意图,和作者商议写作的内容,说明他们的态度非常认真。对这80万字的篇幅,他们先后进行了5次校对,以保证图书质量。这种一丝不苟、精益求精的作风,体现了老编辑的严谨精神。"[1]

座谈会最后,新闻出版署原署长于友先最后总结说:"我今天来主要就是来祝贺、来感谢河南大学出版社出了这样一本非常有意义、有价值的书,一本好书。一开始宋应离同志讲他们的策划意图时,我就说,你这若做好了,就起到了抢救作用。出这本书太重要了,但我觉得非常不容易,如果把这60年来方方面面、代表人物都反映出来,很不容易。这本书出了,但现在看,还有它的不足,因此我建议老宋不能就在这儿打住。因为过去你们也一直在出版有关出版方面的史料,不光这几年,以前也有。

---

[1] 《图书出版〈亲历新中国出版六十年〉一书出版座谈会在京举行》,柳斌杰、于友先、邬书林主编《中国出版年鉴》,中国出版年鉴社,2010,第95页。

所以在这个基础上,你再搞一个史料集或什么东西。一个是把前段收集的、没有用上的,还可以作史料来用,同时还可以再补充。继续挖,再抓紧这个抢救工作。包括在座的这些老同志,继续写。不一定搞成文章,搞成史料也好。这本书的价值在哪?一是亲历,一是60年。这本身就是价值。亲历就是见证,见证出版界60年的各个方面。这里就有史料和史实,但又不止于史料和史实,在史料和史实基础上提炼出经验,提炼出感受。所以能不能继续再搞一本,让它的作用发挥得更大。既然开了头,就继续做下去。"①

2010年王建平发表《鲜活的历史,多彩的画卷——评〈亲历新中国出版六十年〉》,高度评价该书的价值:一是亲身经历,真实可靠;二是资料翔实,涉及面广;三是案例典型,借鉴性强;四是抢救史料,功不可没。② 王静著文认为该书"全景式地展示了新中国60年的出版成就和经验,内容丰富,范围广泛。……《亲历新中国出版六十年》一书的49位作者年龄在70岁以上的有36人,他们同新中国出版事业一同走过坎坷曲折之路,为新中国出版事业的发展奠定了坚实的基础。收集整理这些老领导、老编辑、老出版家的宝贵经验已经成为迫在眉睫的抢救性工程。该书集中地将这些老专家的文章整理出版,其价值珍贵,又很及

---

① 《图书出版〈亲历新中国出版六十年〉一书出版座谈会在京举行》,柳斌杰、于友先、邬书林主编《中国出版年鉴》,中国出版年鉴社,2010,第95页。
② 王建平:《鲜活的历史,多彩的画卷——评〈亲历新中国出版六十年〉》,《中国出版》2010年第16期。

时"①。该书出版后荣获2008—2009年河南省优秀图书一等奖。

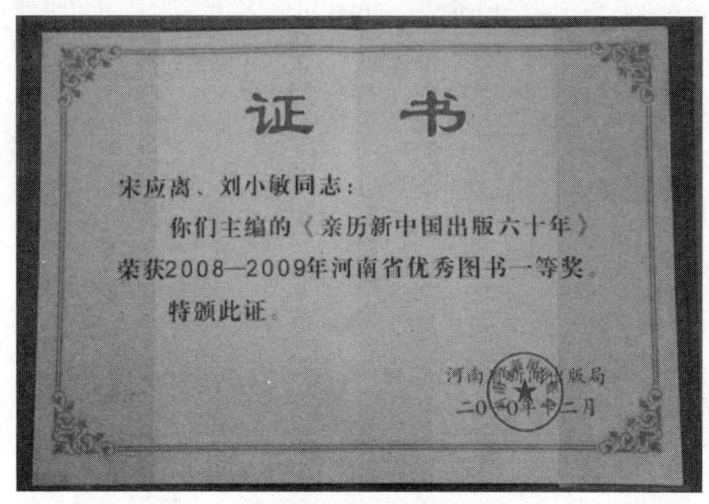

《亲历新中国出版六十年》荣获2008—2009年河南省优秀图书一等奖

(三)编辑出版工作的苦乐观

马克思说过:"如果我们选择了最能为人类福利而劳动的职业,那么,重担就不能把我们压倒,因为这是为大家而献身。"②宋应离从1978年进入编辑出版工作以来就对这一职业十分喜爱并坚持做出贡献。他常说:"如果你不喜欢它,你不爱它,你怎么能把自己的兴趣和爱好和这些工作结合在一起,享受其中的乐趣?当编辑拿到书稿,常常为其中的难点而焦虑不安,为

---

① 王静:《集众名家亲身经历 书六十载出版业绩——评〈亲历新中国出版六十年〉》,《出版科学》2009年第6期。
② 《马克思恩格斯全集》第40卷,人民出版社,1982,第7页。

解决其中的难点精心琢磨,躺在床上不能入睡。"

文字数码化、数据图像化、阅读网络化的新时代,不但没有减少编辑的难处,还给编辑带来很多新的问题。同时,编辑工作和其他工作相比,没有寒暑假,编辑得天天照常上班。行政干部有弹性,教师工作有间隙,编辑工作无日夜。

关于编辑工作的难处所在,山西《编辑之友》的副总编介子平曾写道:"锄禾日当午,不如编辑苦;对着专题页,一哭一下午。"①

著名编辑家吴泽炎、刘叶秋是商务印书馆的老编辑,他们结合自己编辞典的体验,引用了16世纪法国语言学家斯卡格尔的一段诗,用来说明编辞典的艰辛:"谁若被判做苦工,忧心忡忡愁满容,不需令其抡铁锤,不需令其当矿工,只要令其编字典,管叫终日诉苦情。"②这是讲编辞书的苦,编《辞海》则更辛苦。

编辑虽苦,也有它的乐趣所在。叶至善先生在他的大作《我是编辑》的封面上印了一首他填的词来称颂编校工作的辛苦与乐趣:"句酌字斟还未妥,案头积稿又成垛。"③此外,秦兆阳先生给李频的《龙世辉的编辑生涯》所写序言手稿中曾想添加上:"磨稿亿万言,多少欢欣泪。休云编者痴,自识其中味。"但秦先生最后还是把这句话删掉了。书中序言里谈道:"发现了好作品,其乐无穷。发现了新作者,其乐无穷。所编的书刊受到读者欢迎,其乐无穷。给文艺事业添砖添瓦,其乐无穷。深知工作的

---

① 介子平:《编辑难》,《编辑之友》2015年第6期。
② 赵航:《我所知道的刘叶秋先生》,《出版科学》2000年第2期。
③ 郑一奇:《阅读四重奏》,首都师范大学出版社,2018,第303页。

价值意义,其乐无穷。"

当前处在信息时代,传播数字化、网络化,技术突飞猛进,编辑为人类传播文化,满足人们文化的需要,建设文化强国,任务重大,我们应该为从事编辑工作任务而感到光荣。"我们要求自己,当好精神食粮的生产者、先进文化的传播者、民族素质的培育者、社会文明的建设者。我们默默奉献,好比无人看重又无法离开的空气;我们为人作嫁,好比燃烧自己、照亮别人的蜡烛。我们没有显赫的地位,却有穿越时空的翰墨芬芳;我们没有殷实的财富,却有寄托心灵的文化殿堂。"[1]这是刘杲在《中国编辑》创刊词上写的一段话。宋应离认为自己和老一代编辑家相比,没有老编辑家工作时间长,也没有他们的经验丰富,只是对编辑工作略有感受。

宋应离编《献身新中国出版事业的出版家》这本书时,《从〈中学生〉看叶圣陶的编辑思想》一文中涉及《中学生》的创刊历程,宋应离跑5个图书馆,查找《中学生》的创刊时间和它的变革。

《中学生》在上海创刊于1930年,后因战乱频繁,1937年停刊,1939年转入广西桂林复刊,1944年又在重庆出版,1946年抗日战争胜利后又回到上海出版,1949年与开明书店合并创办《进步青年》在北京出版,1952年于开明书店出版,恢复《中学生》的刊名,作为共青团中央的机关刊物,由中国青年出版社出版,1956年又改由中国少儿出版社出版,1960年停刊,1965年复

---

[1] 刘杲:《我们是中国编辑(代发刊词)》,《中国编辑》2002年第1期。

刊。1966年停刊，1980年又复刊。

《中学生》创刊60多年，变换的地方有七八个，当时宋应离正在生病，为了查找《中学生》办刊的经过，核对事实，跑到开封一高、女高（现在的七中）、西郊二十五中、开封高中、河大附中等多所学校找寻资料。后来就查清了这个情况，既编又校，很困难。编辑的劳动一旦得到作者的肯定，对编辑也是一种宽慰。

1997年郑州大学一个女教师原默，编了一本书《起始与超越——电视节目主持》，讲的是新闻媒体操作经验。作者在书里后记中写道："使天平倾斜的是一位良师。一位德高望重热忱相助的导师，即数番教诲、二度为我做责编的宋应离老师。我感慨我之幸运。在人生途中常有良师引导护佑……没有他们的照拂及鼓励，没有这样的楷模，我真不知此时人在何处。爱真理，更爱吾师。"[①]宋先生后来提到此书说道："这是她在出版后记中对编这本书的一种评价，表示感谢。这对我本人来说深感没有那种苦恨，年年积压的埋怨情绪，而是看到别人能穿越时空，以为人作嫁的欢乐为荣。"

宋先生用几句话总结对编辑出版工作的感受："出版工作40年，饱尝其中苦和甜，甘愿为人做嫁衣，无怨无悔志不移，呕心沥血铸精品，传世之作留后人。"

---

① 原默：《起始与超越——电视节目主持·后记》，河南大学出版社，1997，第204页。

第十一章　多读书,广交友,勤写作

像 50 年前的那个青壮年一般,已逾杖朝之年的宋应离还会日复一日地践行他的三个好习惯:多读书,广交友,勤写作。

宋应离刚庆祝了米寿。上了年纪的人,容易遗忘。然而,宋先生回忆起坚持了大半生的这三件事,还是会语重心长地对后辈念叨起他的那几句箴言:

多读书,广交友,友人之长多吸收;
多读书,勤写作,知识才能真掌握;
多读书,重积累,思考成熟再动笔;
文出手,不厌改,富有新意才出彩。

(一) 多读书

在中外名人中,论述读书重要者甚多,远有大不列颠的莎翁关于读书的比喻:"书籍是全世界的营养品,生活里没有书籍,就好像大地没有阳光。"近有著名出版家张元济的名言:"数百年旧家,无非积德,第一件好事还是读书。"

这是宋应离常给后辈谈的例子,然而让他意外的是,现在后辈教师给学生讲要多读书时,举的例子里竟有他。宋应离哈哈一笑说:"举例子,举例子,没想自己倒成了例子,看来世上欠的事情总要还的。"

第十一章 多读书，广交友，勤写作

读书有一个共识须讲究，读书破了万卷，下笔方能有神。书得多读才能真正有所积累。宋应离读到关于我国国民的阅读率很低的报道时，感到苦恼和担忧。据报道称，2014年以来，我国国民平均每人一年读四本半的书。这个数字是具有警示性的，古人常云"知行合一"，但当书阅读少了，知识获取就狭隘了，又谈何"知"呢？又谈何能将"知"与"行"合一呢？

无他，勤奋多读也。

说起读书这个事，宋应离常感慨"黑发不知勤奋早，白首方恨读书迟"。生于战争年代，长在动乱时期，退在改革开放时代，这些历史原因，宋应离深感年轻时的自己读的书太少了。犹记得，他在上小学、初中的时候没怎么读书，学的都是课本上老师讲的内容，课外亦没什么阅读，所以深感自己先天知识不足，后天比例失调。他常自谦读书很少，了解的东西很少，工作起来底气不足，力不从心。

大学时，宋应离到中文系学习，那时候老师仿照北京大学中文系的做法，给同学们开了200本书单，要求在4年内读完，自此，宋应离才开始喜欢读书。宋应离记得当时印象最深刻的书，便是那本由尼古拉·阿列克谢耶维奇·奥斯特洛夫斯基创作的长篇小说《钢铁是怎样炼成的》，书中的主人公是保尔·柯察金，他的一段名言让宋应离时至今日还记得："当他回首往事的时候，他不会因为虚度年华而悔恨，也不会因为碌碌无为而羞耻。这样，在临死的时候，他就能够说我的整个生命和全部精力都已经献给世界上最壮丽的事业——为人类的解放而斗争。"

也正是在读了这本书之后，对于如何做一名共产党员这个问题,宋应离在心中有了标准。时逢宋应离毕业留校,教授文艺理论,于是乎便沿着兴趣"多"读书起来,重点阅读了周扬主编的《马恩列斯论文艺》,也有鲁迅的著作。20世纪五六十年代,由中国青年出版社出版的《青春之歌》《红日》《红岩》《红旗谱》《创业史》等作品,那些当时时髦的作品都是宋应离书桌上的常客。"这些内容很有趣味、很有意思。阅读这些,我从中汲取了思想的营养,充实了教学的内容,同时也提高了自己的独立思考和实践能力。"

时间来到改革开放的春天,宋应离迎来了读书的好时机,为了弥补过去读书的不足,开始了新的读书生活。所谓因时制宜,这个时期本着干什么学什么的需要,宋应离把读书的重点转移到阅读编辑出版理论和出版史方面的书。"我非常关心改革开放这方面的图书,有一次去北京出差,在北京的旧书摊上看到有出版史家叶再生撰写的《中国近代现代出版通史》,我就立即把它买下来了。"

值得一提的是,《中国近代现代出版通史》放在如今看来太宝贵了,这部通史按照时间顺序构建了清末到新中国成立前中国近代、现代一百多年出版的历史,全书4卷21篇108章。资料丰富,涵盖面很广,信息密集,是研究中国近百年出版史的重要参考书。

历史的春风继续吹拂着,全国出版工作出现了新气象。1992年,中央档案馆开始主编《中华人民共和国出版史料》,这套书记载了从1949年中华人民共和国成立到1991年12月止的出版历史史料,按时间顺序把党中央和国务院出版部门有关存在的出版方面的史实每年出版一卷。这套书是研究新中国出版史最主要的参考资料,宋应离到现在都不时翻一翻,仔细读一读,或许宋应离能够高产研究文章的缘由便在此罢。

作为一个出版人,只有掌握了艰深的理论,才能方向正、底气足。

除了阅读有关出版史的论述之外,宋应离还将有关出版理论的图书作为重点来阅读。说起阅读过的出版理论,宋应离首推《中国出版论丛》。这套书1996年问世,其中选取了新中国成立以来,国家出版行政管理机构部分负责人有关出版工作的讲话、报告文章,一人一卷,最早有出版署署长胡愈之的,继之有宋木文、刘杲、王仿子、许力以等的十多本。阅读大家论述,能外宽视野而内实知识。这套书既有对作者以往的出版工作的回顾,又结合出版工作的亲身经历,对出版工作的理论加以论述,内容可谓既有历史的厚重感,又有强烈的现实感。近几年出版的宋木文、方厚枢、邵益文、吴道弘等的"口述出版史丛书",宋应离都及时研读。

长期以来,宋应离都在"勤读书",大量地阅读,有选择地吸收,并在实际中应用。如今回忆起来,那些阅读时光带来的好处,常使宋应离感慨:"自己一生最该感谢的就是书了。"与此同时,作为一个出版人,除了阅读图书外,报刊阅读亦不可少。"和图书相比,报刊蕴含的知识相对来说不如图书那样厚重和持久,但报刊也有它的优势,它迅速及时地反映现实生活,介绍新的知识,信息量大,对人们认识生活和了解现实是其他媒介无法替代的。"

宋应离先生读书近照

宋应离是非常喜欢阅读报刊的，从中学到现在，几十年如一日，从未间断。与报刊的不解之缘使得宋应离青睐三份报刊：一是《光明日报》，它是知识分子最喜欢的报纸之一，也是知识的港湾、文化的载体、文明的殿堂、信息的集散地。它开辟了很多专栏，《文学遗产》《大家介绍》《文化评论》《文化名人》等，很多栏目都有特色，阅读之后从中了解到很多人们治学的道理。二是《中华图书报》，该刊文化味浓重，经常报道出版界的人和事，披露大量的出版信息，这些内容和宋应离自己的工作结合很紧，让他从中受益不少。三是《中国新闻出版广电报》，它是新闻出版署主办的机关报，随时报道新闻出版界的信息，迅速及时，正确把握出版界的导向，有警示之用。

这些报刊，宋应离期期必看，对优秀之作，仔细品味，能对自己的工作起领航作用。看到一些有用的东西，宋应离就会记下来,日积月累便会积少成多,用来充实自己。

有一次宋应离在一次偶然翻阅 2021 年 9 月 1 日《中国新闻出版广电报》时,上面有李英写的《〈延安归来〉:千古名篇'窑洞对'》一文,讲述爱国人士黄炎培 1945 年 7 月 1 日至 5 日,同张伯钧等六人国民参政员访问团赴延安。回来之后,根据在延安的访问感受写了一部手稿《延安归来》,在重庆出版,书中《延安归来答客问》,详细记录了 7 月 4 日在窑洞中,毛泽东回答黄炎培提出的关于"历史周期律"之问。毛泽东问黄炎培来延安几天感想怎样,黄炎培引用《左传》《中庸》等典章,提出了"历史周期律"之问:"我生六十多年,耳闻的不说,所亲眼看到的,真所谓'其兴也勃焉,其亡也忽焉',一人,一家,一团体,一地方,乃至一国,不少单位都没能跳出这周期律的支配力。大凡初时聚精会神,没有一事不用心,没有一人不卖力,也许那时艰难困苦,只有从万死中觅取一生。继而环境渐渐好转了,精神也就渐渐放下了。有的因为历时长久,自然地惰性发作,由少数演为多数,到风气养成,虽有大力,无法扭转,并且无法补救。也有为了区域一步步扩大了,它的扩大,有的出于自然发展,有的为功业欲所驱使,强求发展,到干部人才渐见竭蹶、艰于应付的时候,环境倒越加复杂起来了,控制力不免趋于薄弱了。一部历史,'政怠宦成'的也有,'人亡政息'的也有,'求荣取辱'的也有。总之没有能跳出这周期律。中共诸君从过去到现在,我略略了解的了。就是希望找出一条新路,来跳出这周期律的支配。"毛泽东从容答道:"我们已经找到新路,我们能跳出这周期律。这条新路,就是民主。只有让人民来监督政府,政府才不敢松懈。只有人人起来负责,才不会人亡政息。"读了这篇文章,他不但理清了"周期律"产生的经过,而且领略了以毛泽东为代表的中国共产党党员的远见卓识,进一步增强了对党的高度信任。

多年来的阅读经验使得后辈常请教宋应离如何阅读。宋应离每被问及时,都和蔼地与小友们分享他的小窍门。如何阅读?宋应离采取两种方法,一种是略读,就是简读。浏览一遍大致看看,对与自己关系不大的书大致翻翻,狼吞虎咽,滋味不辨,留作后用,用时再看。另一种方法是细读、精读。像牛吃草一样,细嚼慢咽,仔细品尝,吸取营养,待到用时,又拿出来反刍,反复细看。

总之,关于读书,古人是这样说:"少时学者如日出之阳,壮而学者如日中之光,老而学者如炳烛之明。"读书要注意做笔记,对你有用的内容,有意思的东西要随时记下来。他常说好记性不如破笔头,要注意留心记录。对有的段落见解及时记录下来,作为自学笔记,有时候还可以复印下来,待到用时随手拿来,千万不要手懒,光读而不记录。

寥寥几点,却道尽了读书之真谛。此道后被小友们称之为"读书三要诀"。

(二) 广交友

不知诸君在读李白的《赠汪伦》时,是否会羡慕他们"三千尺"的深厚友情呢?又读《送孟浩然之广陵》时,不知诸君是否感受到李太白在黄鹤楼上极眺友人远行的复杂心绪呢?当读《闻王昌龄左迁龙标遥有此寄》时,那个欲借风寄送愁心的李青

第十一章 多读书，广交友，勤写作

莲,他对朋友的深厚情谊不知是否打动了诸君？

李白的才气遍全唐而难有匹敌者,尚且如此需要友情。可谓一个成大器者,背后往往站着一些亲密的朋友。

宋应离曾谈起交朋友的重要性,大意是：人生在世要增加知识,除参加社会实践多读书之外,还要广泛结交朋友,多接近周围的人,善于向他人学习。闭门造车,孤陋寡闻,不留心周围的事物,没有和人的切磋交往,是不利于自己成长的。

宋应离由于工作的关系,经常出去组稿、参加学术讨论会,结交了不少外界的朋友,从他们身上学到了书本上学不到的东西。他时常怀念与朋友们的故事,每每忆起趣事,眼睛甚是活泛。

宋应离认识较早的一个朋友就是新闻出版署原副署长刘杲。他是位很有名的出版家,今年已经91岁。宋应离和他认识那年是1991年,当时,宋应离出席教育部在武汉召开的大学出版社社长会议。刘杲在会上发表了长篇讲话,在他的讲话中提到了一个问题,给宋应离留下了很深的印象。

他说："大学出版社现在在指导思想上,不能坚持为教学科研服务,把出版社当赚钱的工具,当成摇钱树。早知道这样,当初出版的领导部门就不应该批准这些出版社。我早知道这些把出版社当成摇钱树,作为赚钱的工具,就不应该批准,不应该办出版社。"这话让宋应离听了以后很震惊,在以往的日子里,便常与他交往。

2011 年 11 月 26 日刘杲致宋应离信

1996 年 6 月 29 日的下午，宋应离和河大出版社的刘小敏去拜访刘杲先生，邀请他参加河大出版社主办的"元典文化丛书"座谈会。谁知，刘杲先生回复："这会开的纯是劳民伤财，让大家说些好话，好登个宣传板块儿，这些对图书的评奖是不算数的，只有专家写的学术性书评才算数。"宋应离被这一席话震惊，两人虽说也是老熟人了，但还能如此真切地"不留情面"，刘杲先生的务真求实精神让宋应离钦佩至今。

戴文葆同样也是宋应离在出版界多年的老友。他是著名编辑家、出版家、著作家，国务院特殊津贴获得者、首届"韬奋出版奖"获得者、"新中国 60 年百名优秀出版人物"。"每次见到他，在他 10 平方米的那个房间，满屋子是书，床上是书，椅子上的书，他坐的位置附近都是书。"这是宋应离与戴文葆先生交往 20

第十一章 多读书，广交友，勤写作

多年以来，印象最深刻的记忆。

戴文葆先生是宋应离非常敬重的一位老出版家。宋应离从1983年和他接触，直到他去世，20多年当中，二人电话、书信不断。戴文葆先生在20世纪40年代16岁的时候就参加出版工作，在重庆创办报刊。新中国成立之后，先后在几个单位从事编辑出版工作，如三联书店、人民出版社等。1957年被错划为"右派"，之后被劳改多年，"文革"期间又被流放到了家乡，过着极端困难的艰苦生活。戴先生虽身处逆境，但是对党的信念不变，

1999年11月3日戴文葆致宋应离信

2001年1月9日戴文葆致宋应离信

后来恢复工作，兢兢业业从事编辑工作。他知识渊博，善于深入思考，尤其是善于编纂大型的难度大的图书，如《宋庆龄选集》《胡愈之出版文集》《邹韬奋文集》《谭嗣同全集》等等。他编辑工作认真严肃。人民出版社原社长曾彦修曾说过："戴文葆编的书我们找不出毛病。"戴文葆待人诚恳厚道，与人和谐相处。宋木文曾这样说："能够同这位编辑大家为友，乃平生之幸事。"

宋应离曾请戴先生为《20世纪中国著名编辑出版家研究资料汇辑》作序,戴先生答应下来,并用两个月的时间仔细阅读了这本书的全文,提出了自己的见解,序言几经修改才送到宋应离的编辑桌前。与宋应离谈到出版社的业务情况时,更是无事不晓,无话不说,满身透射出一般学术活力和气息。宋应离从戴先生身上领略到了开阔的思想、丰富的知识、严谨认真的工作态度、高度负责的可贵精神。

吴道弘先生是新中国成立后培养的第一代编辑工作者,1993年曾获第三届中国韬奋出版奖。在1950年21岁的时候考入上海三联书店编审室,之后开始了他长达近70年的编辑出版工作。后来,吴先生调到北京,开始在三联书店,后来到人民出版社先后担任过校对、编辑、编辑部副主任、主任。

宋应离和吴道弘先生相交已久,初次见面已经是20世纪的事了。1983年,吴先生开始担任人民出版社的副总编辑,直到1995年退休。到2001年的时候,吴先生72岁的时候担任了《出版史料》的主编。吴先生一生爱书、读书、写书、评书,工作成绩巨大,他和别人编了很多好书,如李达的《实践论解说》《矛盾论解说》等,特别是作为人民出版社副总编辑,他和中央编译局合作,对出版《马恩列斯著作新编》贡献巨大。

宋应离在2011年编撰了一部《名刊 名编 名人》,该书为研究期刊之作,恳请老朋友吴道弘先生题写书名,吴先生很快写好,并在书本的扉页上写下"解读期刊功能新视角,探讨办好期刊新途径"。

这是对该书内容的高度概括。这书写的是三维关系。一个是名刊,先创建一个名刊;再然后介绍一个名编,刊物是怎么编出来的;然后需要有名人写文章,就是介绍名刊、名编、名人三者的关系。吴先生不仅擅长书法,操一笔好字,笔力遒劲,清秀飘逸,而且文史知识根底深厚,理性、沉稳、平实,有文气,是一个理想的编辑家、书评家。

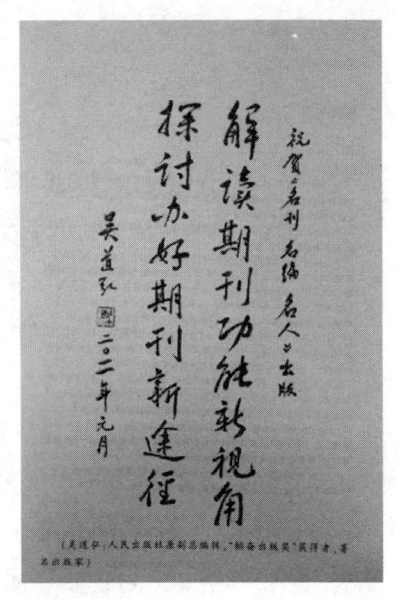

吴道弘为《名刊 名编 名人》题的字

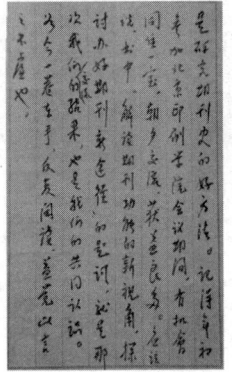
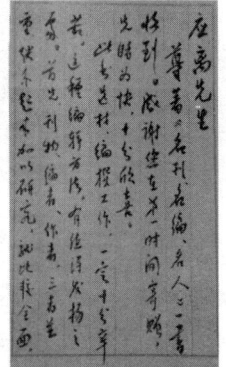

2011年11月20日吴道弘致宋应离信

2000年,宋应离主编的《中国期刊发展史》出版后寄吴先生

第十一章 多读书，广交友，勤写作

征求意见，他挑出书中一些错误，连错字也不放过。如书中把"艾寒松"（《怎样做一个共产党员》的作者）写成了"艾塞松"。还有一次，宋先生给他写的信中将著名出版家"叶籁士"写成"叶赖士"，叶籁士是人民出版社的老出版家，信中把"籁"字的竹字头去掉了，写成了"好赖"的"赖"了，这是个错字。吴先生亦能指出，连一个错字都不放过。这使宋应离为之感动。

早在1950年，刚入上海三联书店时，吴先生就开始写书评，后因工作变动，写书评中断了一段时期，书业繁荣后他又萌发了写书评的兴趣。20多年以来，他先后对已经出版的60多种图书进行评论，发表了近百篇共约15万字的书评文章，借机编为《书评例话》。浙江人民出版社出版的《编辑出版家吴道弘》对《书评例话》有高度的评价："该书最为人注目的，是将围绕书评的10个专题博采例证进行分析研究的《书评例话》同以书评为中心而发表各种见解的《书评续话》合刊。"[①]这本书1991年由中国书籍出版社出版，荣获1992年第6届中国图书奖。在这个基础上，他又出版了《书评例话新编》。

回看《名刊 名编 名人》上的题字，宋应离想到了新闻出版署原署长宋木文评价吴道弘先生的一段话：道弘因敬业而成为本行业的专家，因敬业而向跨行业杂家修养自己，因敬业而在编辑出版史料研究上做出新的业绩，最终仍是敬业精神，掌控自己曲折人生，而成为中国编辑的优秀代表。这的确是出版界的

[①] 嘉善县政协文教卫体与文史委员会编《编辑出版家吴道弘》，浙江人民出版社，2012，第361页。

共同心声。

蔡学俭先生是宋应离的又一多年老友。蔡学俭先后于中南人民出版社、湖北人民出版社工作,从事政治理论、文史、工农业等类图书的编辑工作。历任编辑组长、编辑部副主任、总编辑。1986年任湖北省新闻出版局局长、党组书记。

宋应离认识蔡学俭先生是在1994年由中国编辑学会、河南省出版局、河南省出版工作者协会共同主办的编辑理论研讨会上。当时,全国第一次编辑学学术研讨会在郑州召开,蔡先生代表湖北出版界在会上作了发言。

时隔十多年后,由中国出版科学研究院所承担的大型项目《中国出版通史》编撰会于2006年8月在北京召开,宋应离和蔡学俭一起参加了大会。俩人相谈甚久,谈到改革开放以来,出版战线取得成就的时候,蔡学俭很兴奋、很喜悦,同时对一些出版单位搞个人承包,片面追求数量,重经济效益,忽视社会效益,图书质量下滑等现象感到忧虑。他认为只有抓好图书质量,建立与社会主义市场经济相适应的出版机制,才能使出版事业持久健康发展。宋应离顿感蔡先生目光见识之深远。

蔡先生领导出版工作严谨认真,狠抓图书质量,在出版界是很闻名的。早在1952年,为了提高图书质量,他总结出"九步法"的编辑工作经验。新时期,根据自己的实践,又总结了图书质量"四看"的审稿方法。拿到一部书稿看什么呢?一部书稿拿到以后,要"四看",即看观点、看创见、看材料、看引证。从经典、定评著作中看观点,从同类著作中看创见,从权威工具书中看材料,从准确版本中看引证。他把这种审读法称为比较审读法。通过比较、反复斟酌,提出修改意见。经作者修改达到出版要求后,即进行最后一道工序:加工整理。① 这种环环关注、整体管控、不留后路的审核方法,确保了图书质量。他自己是这样说的,也是这样做的。

蔡先生能为了一个错字,宁可一夜不睡觉,严加改正,然后他才能责尽心安。他在编辑出版过程中总结提出一个口号,就是逢疑必查,查证必改。虽是几个字,这是对编辑出版工作的忠告之言,也是编辑们平常在审稿中常常谈到的、面临的问题。

蔡先生今年是92岁了,前年《中国新闻出版广电报》上刊载一篇文章,是由长江出版集团周百义先生写的《九十"不倒翁"》,讲的便是蔡先生的出版事迹。②

上文所提及的刘杲、戴文葆、吴道弘和蔡学俭,是宋应离认识的朋友中具有代表性的大家,遂写下些故事与诸君共赏。另外,宋应离所认识的高朋还有很多,如著名编辑出版家林穗芳,新闻出版署原署长宋木文、于友先,新闻出版署原期刊司司长张伯海,著名出版家王益、王仿子、许力以,新闻出版署出版科学研究所的邵益文、陆本瑞,新华书店的原副总经理郑士德,中国人民大学学报原主编杨焕章以及天津百花文艺出版社的徐柏容,安徽大学的图书评论家徐召勋,山东大学《文史哲》的原主编刘光裕,复旦大学的学报原主编王华良,学林出版社的雷群明,辞

---

① 中共中央宣传部出版局编《编辑家列传(二)》,中国展望出版社,1988,第449页。
② 周百义:《九十"不倒翁"》,《中国新闻出版广电报》2020年7月8日第4版。

海专家巢峰、湖南名编辑钟叔河、华中师范大学范军教授、河南大象出版社的原社长周常林、总编辑李亚娜和耿相新等。这些大家都是宋应离的相熟,也幸有众多毓秀好友,宋应离从他们身上学到了书本上学不到的东西,受益匪浅。

(三)勤写作

欲想成为一个好编辑,写作是一门必备的基本功,书稿到手,从审核开始、编辑加工、调整错误、文字修改、写出审稿意见、成书之后写出内容简介、撰写书评等,这一系列的过程都离不开写作。

试想一个人文笔不通、不能提笔写作的人,怎能当好一个好编辑呢?同样,不善写作的教师,对指导学生写作也不可能真的做到有所帮助。写作是思维的发动机,可以活跃思维能力,强化知识,扩大视野,提升认识能力,促进大脑思维活动。

宋应离投身编辑工作以来,写作活动不断,紧密围绕编辑出版这一问题,重点在出版史和出版人物的研究写作。

宋应离曾用了10多年时间写出了包括22位出版家的实践——《献身新中国出版事业的出版家》,平均一年写一到两个人物,真体会到十年磨一剑的艰辛滋味。他的体会是选定目标,坚持下去,不可更易。

开展学术研究,进行论著的写作,最重要的一点是收集资料。在占有资料的前提下,静下心,反复思考,从中发现问题,找出自己的写作重点。

有时为了思考一些问题,过于专注而忘记正事都是常事了。

宋应离记得，十几年前，他的外孙女在开封市的东棚街一个小学读书。一天傍晚，宋应离去接她，他只顾思考题目竟忘了接外孙女这回事，一直往南走到东司门，后来想着不对才又回来了。

收集材料并不是终结，更重要的是反复思索悟出真谛，就像南北朝时期刘勰的《文心雕龙·知音》所言："操千曲而后晓声，观千剑而后识器。"

10年前宋应离认识了出版家王仿子，多次登门拜访，在交谈中宋应离知道他已经做出版工作80年了，一生经历丰富，精通编、印、发，熟悉编辑，熟悉发行，熟悉印刷，可以说是编、印、发三位一体的"全能式"优秀出版家。由于其从事出版工作时间长，又是至今仍健在的出版家，所以宋应离的内心想着一定要把他的故事写出来，让后人学习。于是，宋应离认真地阅读了《王仿子出版文集》《王仿子出版文集续集》《出版生涯七十年》以及有关印刷方面的论著，经过半年的努力，写出了一篇将近1万字的长文《出版园地里的一棵常青树——记百岁出版老人王仿子》，发表在《出版史料》2014年第4期。为扩大影响，王仿子的爱人徐研华特地买了50本本期的《出版史料》专为送人。

对事物了解且熟悉，最终才能写作；时机不熟，不要勉强写作；时机成熟，写的东西灵光闪动，下笔顿悟，如涓涓流水，水到渠成。因此，切不可在材料不足的情况下，思考不成熟的情况下下笔。文章初稿写出来后要反复修改，他的做法是"语不惊人誓不休，文不出新不出手"。对写作的艰辛，他的体会借中山大学教授黄修己的话："攻读夜当午，汗滴座下土。谁知手中篇，字字皆辛苦。"这些，都是宋应离几十年的写作总结出来的经验。

第十二章　为人做事,清正廉洁; 遵守道德,以身作则

多年以来,宋应离一直奉行一句誓言:治学读书要刻苦,为人做事要廉洁,遵守道德,以身作则。

多年以来,宋应离一直担当着这一句誓言的责任。

多年以来,宋应离一直践行着这一句誓言的初心。

1956 年元月,在党员的宣誓会上,宋应离朗声道:"全心全意为人民服务,为共产主义事业奋斗终生!"当时,宋应离内心非常感动,暗下决心以后无论做什么事情,都要坚守这个誓言。

1965 年末,宋应离刚从农村四清工作队返回学校,当时的中央人民广播电台正在播送穆青、冯健、周原写的长篇通讯《焦裕禄:县委书记的榜样》。宋应离在院子里面倾听,其中的一句话,让他至今印象深刻。这句话是什么呢?这便是"焦裕禄心里装着全体人民,唯独没有他自己"。作为县委书记的焦裕禄,真正做到了心中有党、心中有民、心中有责,他廉洁自律的高尚情操,深深地打动着宋应离。宋应离坚决以他为榜样,在日后的工作中处处想着人民大众,做到严格要求自己。

于是,宋应离为自己定下 6 条标准,奉为圭臬,常作观照,警省自己。在此,不妨略列于下文,望诸君观之共勉。

第一,公事公办,不贪不占。当一个人处在领导岗位的时

第十二章 为人做事，清正廉洁；遵守道德，以身作则

候，掌握一定的权力的时候，别人为了办成一件事情，常常求助于你，为此他会恭维你、给你送好处，这时最容易犯错误。这个时候要警惕，不要为一事一例而迷惑，否则不小心就会走上犯错误的道路。

有一事让宋应离印象很深刻。1993年，宋应离担任河南省新闻出版局报刊审核员，并担任河南省优秀报刊评审委员会的委员。一家报刊的两位编辑拜访宋应离，想让宋应离在报刊评奖的时候多说几句好话。当时，宋应离说："报刊办得好，自然能评上优秀，报刊办得不好，评委说好话也没有用。"当宋应离送走两位来客时，发现他们在刊物中夹有1000元人民币。宋应离当时便想到，作为一名评委来说，应该秉公办事，不能因为收了人家的钱就说好话。第二天，宋应离就把钱原封不动地寄回杂志社，后来那两位编辑在电话里说："很不好意思，这个钱财务处已经报销过了，你又把钱寄回来了弄得我们很被动。"宋应离再三说："不行，不管怎么说，这个钱我是不能收的。"这样他才心安理得。

第二，责任尽到，不求回报。爱因斯坦曾说过："一个人的价值应当看他贡献了什么，而不应当看他取得什么。"作为一个教师或编辑，就应该对学生或作者负责，乐于奉献，不求回报。教师的任务是传道、授业、解惑，立德树人。作为引路人的教师，应该培养学生智、德、体全面发展，使学生成为知识丰富、道德高尚、素质很高、能力很强的人。

宋应离有位学生叫李磊，系《做自己的盐》的作者。李磊在学生时代十分爱好学习，当时图书馆有一本名为《红旗飘飘》的

期刊，由萧也牧于20世纪50年代主编，宋应离让李磊对《红旗飘飘》做些研究。他叮嘱李磊在收集材料的时候，应从史料入手。李磊便一连几个星期翻看《红旗飘飘》原刊，进展虽缓慢，但在慢条斯理中寻得了线索，遂执笔写成《萧也牧与〈红旗飘飘〉》一文并投稿给期刊。

在投稿时，发生了一件趣事，据李磊日后回忆："宋老师说得没错，占有了大量史料后，我比较顺利地写出了《萧也牧与〈红旗飘飘〉》一文。打印出来给宋老师看，他在肯定了整体结构的逻辑性后说：'这是个史料钩沉的选题，贵在事实而非文笔，你的文风过于年轻化，要写得沉稳些才好。'"

果不其然，根据宋应离的建议修改后，论文很快发表。期刊编辑鲍立伟打来电话，曾特意询问李磊这篇文章的文风一事。

她问："你是李磊吗？"

李磊答："是。"

她又问："你真的是82年的人吗？"

李磊答："嗯。"

她问："我和我们主编觉得文笔老练，不像出自82年的学生之手。"

李磊答："这篇论文是宋老师指导的。"

主编一下子恍然大悟："原来是这样，请代我向宋老师问好！"

后来，鲍编辑又给宋应离打电话，再次说起这篇论文史料翔实、逻辑严谨和文笔老道，而这也成为宋应离多次在公开场合表扬李磊的"鲜活"事例。

第十二章 为人做事，清正廉洁；遵守道德，以身作则

令李磊日后无比怀念宋应离的教诲的缘由远不止如此。一般来说，老师跟学生合作写作时，须把老师的名字署在前边，但宋应离执意拒绝。宋应离推却的理由便是："我没立啥功，我是指点这个题目，不能写我的名字。有别人劳动，我坚决不肯办这事，这就说只要求学生努力学习，老师尽职尽责，不要求回报。"还有一事。2020年5月，宋先生辅导的两个研究生专程从北京来看望宋先生，临去时给宋先生放下5000块钱以示慰问。第二天他把这钱一文不少寄了回去。

第三，少说多干，坚定信念。心中有信仰，浑身有力量。信仰就是共产党员要信仰共产主义，要信仰社会主义。信仰共产主义，心中有信仰，浑身有力量，这样才能做到精神饱满，充满干劲，终日想着做好事。宋先生常以人民出版社的出版家王子野的话作为鞭策："多做好事，少说空话；先做后讲，做了不讲；别人的好事，一件不忘；自己的好事，做了就忘。"

第四，勇挑重担，率先垂范。一个人在一个工作岗位上要勇于挑重担，自己要去干，不要今天指挥这个明天指挥那个。正所谓，话说千遍，不如自己去干。宋应离在出版社搞发行工作时，常亲力亲为，亲自坐车到河南省的各个地区去跑，到教委、教育局、新华书店和他们商量如何把这书卖给他们。须知，出版社搞发行很累、很忙还很难，何况宋应离还得负责编辑工作。后辈让宋应离回忆当初的那些辛苦时，宋应离乐呵呵地引用了习近平主席的话："幸福是奋斗出来的！"

第五，取人之长，补己之短。为人要谦和近平，与人和谐相处，内心才自安。宋先生供职河南大学已有67年了，其间换了

几个单位,在中文系20年,在学报编辑部13年,到出版社有5年后,到新闻与传播学院有七八年。无论在哪个单位,大家都特喜欢与宋先生交往,他与同事们相处得也十分和谐。有人请教宋先生秘诀,宋先生透露:"多看别人的长处,少说别人的短处;多说自己的短处,少说自己的长处。不要扬才露己老是宣扬自己怎么好,要说别人的好处。你的工作不错,看到别人的成绩要表扬,经常说自己做得不对,做得不好,虚心向别人学习,从内心里钦佩别人。正所谓,心宽体胖嘛!"

第六,安于寂寞,自寻其乐。犹记得明代杨慎《临江仙·说秦汉》道:"白发渔樵江渚上,惯看秋月春风。一壶浊酒喜相逢。古今多少事,都付笑谈中。"是啊,一个人在位时真是门庭若市,整天接到外边的邀请函、请柬,开会时坐主席台,有掌声,有鲜花。但是一旦退下来,就变得冷冷清清,门前冷落车马稀,没人再恭维你了,没人再给你捧场了,因为你没有用处了,你手中没有权力了。真是人一走茶就凉,不见昔日的辉煌。

宋先生谈及此时,说道:"有些领导干部有一种失落感,下台以后没人理他了。我倒觉得没人理才好,退休了就不要对后任者的工作指手画脚,所以我这些年到出版社只是看看报纸,看看图书,出版社有什么事我一概不管。我自己清醒地认识到,新一代有他们的时代机遇,他们机灵快捷,善于创新,手很灵快。我本人缺点很多,一个是平时有些时候遇到事情比较小心,怕事,优柔寡断,不善于果断处理。所以呀,我也懂急流勇退,拂袖出门去,好好享受退休日子。"①

宋先生今年已经 88 岁,身体随着年龄的增大也出现了一些老年病。但熟知宋先生的朋友们都知道,宋先生平日里谨记:多活动,管住嘴,迈开腿,不乱吃东西。他经常走路,安于寂寞,自寻其乐。闲了便出去走走,和同志们在一块聊聊,散散心,平常也关心国家大事,听广播,看电视,看看书,了解信息,只管活到老,学到老,思考到老。

所以,人生须得笑看秋月春风,轻看荣辱,安于难得的寂寞,煮酒之间快意自己的人生啊。

2020 年 10 月 31 日,宋应离先生、刘银华馆长和作者在河南大学明伦校区图书馆录制校史馆访谈视频时合影

---

① 2021 年 12 月 18 日作者访谈宋应离先生内容。

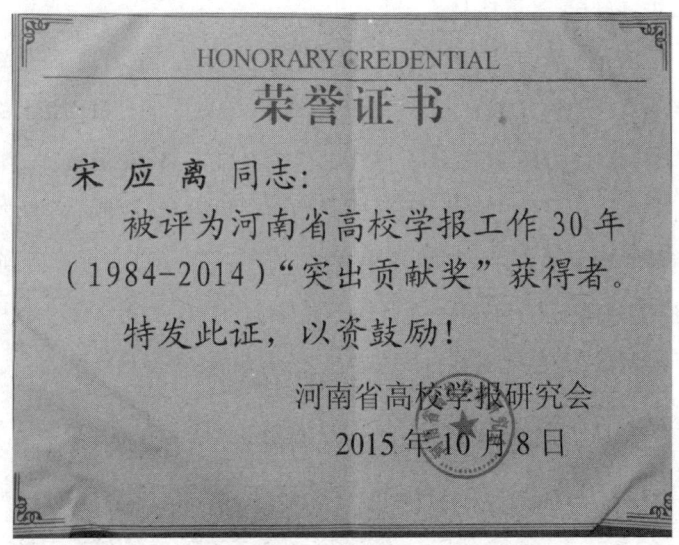

宋应离先生被评为河南省高校学报工作(1984—2014)30年"突出贡献奖"获得者

2021年12月,宋应离先生在河南大学新闻与传播学院访谈照

第十二章 为人做事,清正廉洁;遵守道德,以身作则

2022年5月30日,作者于河南大学22号家属院北门向宋应离先生请教书稿相关史料

附　　录

（一）论著书目

宋应离编:《中国大学学报研究》,开封:河南大学出版社,1987。(32万字)

宋应离编著:《中国大学学报简史》,郑州:中州古籍出版社,1988。(31万字,1988年12月,获"全国高校文科学报研究会"一等奖)

徐玉坤主编,张启瑞、宋应离、孙增福副主编:《河南教育名人传》,开封:河南教育出版社,1989。(51万字)

宋应离、袁喜生、刘小敏编:《中国当代出版史料》,郑州:大象出版社,1999。(共8卷,320万字,荣获1999年度河南省优秀图书二等奖)

宋应离主编,朱联营、李明山副主编:《中国期刊发展史》,开封:河南大学出版社,2000。(30万字)

宋应离、袁喜生、刘小敏编:《20世纪中国著名编辑出版家研究资料汇辑》,开封:河南大学出版社,2005。(共10卷,425万字,荣获2006年河南省优秀图书一等奖)

宋应离、刘小敏编:《亲历新中国出版六十年》,开封:河

南大学出版社,2009。(荣获2008—2009年河南省优秀图书一等奖)

宋应离著:《呕心沥血铸精品——现当代名编辑叙录》,北京:首都师范大学出版社。2010。(26万字)

宋应离编撰:《名刊 名编 名人》,郑州:大象出版社,2011。(57万字)

宋应离著:《宋应离出版文丛》,郑州:河南大学出版社,2012。(55万字)

宋应离著:《献身新中国出版事业的出版家》,郑州:河南大学出版社,2019。(31万字)

(二) 发表论文篇目(未收入论著)

《先"专"后"红"的道路走不通》,《河南日报》1958年1月29日。

《一部真实反映现实生活的好小说——评冯金堂的〈妯娌之间〉》,《奔流》1959年第8期。(与何望贤、刘彦钊合著)

《我热爱教师职业》,《开封师院学报》1959年9月。

《震撼人心的共产主义凯歌——读〈为了六十一个阶级弟兄〉》,《开封师院学报》1960年3月26日。

《青春的颂歌——读〈青春〉》,《河南日报》1960年12月5日。

《纪念的感想——纪念鲁迅逝世25周年》《奔流》1964年第10期。(与何望贤、刘彦钊合著)

《亲切的教诲　无穷的力量》,《开封师院学报(哲学社会科学版)》,1977年第1期。

《诗要用形象思维》,《开封师院学报(自然科学版)》1978年第1期。

《周恩来同志是执行毛主席革命文艺路线的光辉典范》,《开封师院学报(社会科学版)》1979年第1期。

《写作训练三题》,《教学通讯》1980年第12期。

《领导文艺工作的光辉范例——学习列宁领导文艺工作的启示》,《中州学刊》1981年第1期。

《作家要有崇高的精神境界》,《中岳》1982年第1期。

《坦率的批评　热情的帮助——读斯大林〈致杰米杨·别德内依同志〉的信》,《文学知识》1982年第2期。

《向人民学习　为人民服务——学习〈在延安文艺座谈会上的讲话〉》,《牡丹》1982年第3期。

《生活——文艺创作的唯一源泉》,《百花园》1982年第3期。

《善于从人类文化遗产中吸取营养——学习马克思关于批判继承文化遗产的论述》,《许昌学院学报》1983年第1期。

《论普列汉诺夫的文艺真实观》,《许昌学院学报》1986年第1期。

《主动进攻　努力开拓——谈学报编辑部建设》,载全国高校文科学报研究会编辑委员会编《学报主编的思考——全国高校文科学报主编研讨会论文集》,沈阳:辽宁大学出版社,1989。

《我国大学学报四十年》,《编辑学刊》1989年第4期。

《中国高校学报管理体制的历史沿革》,载居思伟、蒋广学主编《高等学校文科学报管理学》,南京:南京大学出版社,1990。

《编辑学研究生培养的初步探索》,《编辑学刊》1991年第1期。

《深刻的批判 有益的启示——重读列宁批判现代派文艺的论述》,《南昌大学学报(人文社会科学版)》1991年第4期。

《开拓文艺创作的广阔天地——学习马克思关于文艺创作论述的断想》,《中州学刊》1983年第3期。

《作家的艺术风格(文学理论知识讲座·十七)》,《百花园》1983年第5期。

《办好高校学报应解决的几个问题》,《河南大学学报(哲学社会科学版)》1985第1期。

《斯大林与文艺批评》,《中州学刊》1985年第2期。

《一份珍贵的精神遗产——重读列宁给高尔基的信》,《信阳师范学院学报(哲学社会科学版)》1985年第4期。

《十年艰辛不寻常 勤奋耕耘结硕果:文科学报界编辑学研究回顾展望》,《南京大学学报(哲学·人文科学·社会科学版)》1992年第4期。

《高校学报性质与功能的历史考察》,《齐齐哈尔师范学院学报(哲学社会科学版)》1992年第4期。

《编辑学理论研究的新成果——读〈学术期刊编辑理论与实践研究〉》,《华中师范大学学报(哲学社会科学版)》1994年第1期。

《为编辑家树碑立传让,社会了解编辑》,《编辑之友》1993年第6期。

《编辑应当具备的思想和作风:学习毛泽东编辑思想断想》,《当代人才》1995年第4期。

《坚持质量第一 多出精品图书》,《郑州轻工业学院学报(社会科学版)》2000年第1期。

《编辑学论著出版的思考》,载论集编委会编《编辑工作及有关专业研究论集》,开封:河南大学出版社,1994。

《审读——提升报刊质量的重要环节》,《今传媒》2006年第2期。

《坚持学术性 永葆生力——学报"以学术为本"办报思想的历史回顾》,《北京行政学院学报》2009年第3期。

《我心目中的朱绍侯先生》,载李振宏主编《朱绍侯九十华诞纪念文集》,郑州:河南大学出版社,2015。

《让历史告诉未来》,《中国新闻出版报》2002年11月20日。

《展示期刊风貌——评〈中国期刊〉》,《新闻出版报》1999年6月30日。

《发扬成绩　再创辉煌——〈河南大学学报〉出版900期》,《河南大学学报》2007年4月30日。

《发现新人　扶持新人——〈中州学刊〉的启示》,《新闻出版报》1999年5月18日。

《注重出版改革规律探索——读〈现代出版论〉》,《中国新闻出版报》2003年10月10日。

《探索出版工作改革的一部力作——读〈出版论稿〉》,《中国出版》2003年第8期。

《有益于当代　无愧于后人——记河南省优秀中青年图书编辑刘小敏》,《河南新闻出版报》1994年12月10日。

《〈史学月刊〉:期刊中的一棵常青树》,载郭常英主编《坚守与求新——纪念〈史学月刊〉创刊65周年》,郑州:河南大学出版社,2016。

《简论胡耀邦的编辑出版实践与思想》,《河南大学学报(社会科学版)》2021年第61卷第6期。

《永不消失的记忆——我与中国人文社科学报学会》,载中国人文社会科学学报学会编《学术·学报·学会:中国人文社会科学学报学会成立20周年纪念》,武汉:武汉大学出版社,2008。